AŞKIM KAPIŞMAK

ELMA DERSEM ÇIK

Yeniden Doğuş

Elma Dersem Çık / *Aşkım Kapışmak*

Yayıncı ve Matbaa Sertifika No: 10614

Genel yayın yönetmeni Ahmet Bozkurt
Yayıma hazırlayan Hakan Güngör
Son okuma Utku Özcan
Kapak tasarım Cemre Özgür
Kapak fotoğrafı Cemre Özgür
Sayfa tasarım Şevval Ulusoy

ISBN: 978-975-10-3943-9

18 19 20 21   8 7 6 5 4 3 2
İstanbul, 2018

Baskı ve Cilt
İnkılâp Kitabevi Yayın Sanayi ve Ticaret AŞ
Çobançeşme Mah. Sanayi Cad. Altay Sk. No. 8
34196 Yenibosna – İstanbul
Tel : (0212) 496 11 11 (Pbx)

İnkılâp Kitabevi Yayın Sanayi ve Ticaret AŞ
Çobançeşme Mah. Sanayi Cad. Altay Sk. No. 8
34196 Yenibosna – İstanbul
Tel : (0212) 496 11 11 (Pbx)
Faks : (0212) 496 11 12
posta@inkilap.com
inkilap.com

AŞKIM KAPIŞMAK

ELMA DERSEM ÇIK

Yeniden Doğuş

İNKILÂP 91. yıl

Aşkım Kapışmak

Yayınevimizden yayımlanan diğer kitapları şunlardır:

Kadınlar Sağdan Erkekler Soldan
Küçük Mutluluklar Kitabı
Terzi
Carpe Diem
Dolce Vita
Beni Benimle Aldatır mısın?
Hangi Anne Hangi Babasınız?
Aşkımın Beden Dili
Kalbin Anahtarı 1: Kelimelerle İyileş
Kalbin Anahtarı 2: Ruhuna Dokun
Yaşam Kitabı
Üzümlü Kek
Kavramlarla İyileş
Kimim Ben?
Değerli Yaşam

İletişim için
Instagram: akapismak
Cihangir Mahallesi
Mebusan Yokuşu Sokak
Birlik Apt. No: 25/1
Beyoğlu/İstanbul
02122435034
05327330321

İÇİNDEKİLER

ÖNSÖZ

İnsanların içinde derin bir boşluk vardır. Ve bu boşluktan kurtulmak için umutlar üretirler. Bu yüzden hepimiz her şeyiyle yaşamı ve içindeki olayları anlamlandırmak isteriz. İnanın, anlamlandıramama uzun sürerse çoğu insan intihar etmeyi aklına getirebilir. Sıkıntıları, problemleri, kazaları, kayıpları, her şeyi anlamını ürettikçe kabulleniriz. Bir acı yaşasak, önce bu acının nasıl olduğunu düşünürüz. Sonra geniş açıdan bakıp, "Neden böyle bir şey başıma geldi?" diye sorarız. İlk soruda sebepleri, ikinci soruda anlamını buluruz. Hiçbir şey bulamazsak, ihmal ya da kader der, rahatlarız. Anlam bulma isteği sadece insanlarda vardır. Hiçbir hayvan, ayağının kırılma nedenini aramaz. Bu, biz insanlara hastır. Yaşamın, doğum ve ölüm gerçekleriyle baş edebilmenin tek şartı anlam bulmaktır. Umut sahibi olmak, yaşamda anlam bulmak demektir. Darmadağınık, çoğunlukla karışık ve her gün tekrarlanan yaşamın anlamı olmazsa, her problem ve engelden sonra umutla devam edilmezse, çekilir mi dünya? Yaşama tahammül etmenin tek yolu, anlamlandırmaktır. İnsan vardır; kariyeri, şöhreti için... İnsan vardır; siyasi koltuğu için... İnsan vardır; ailesi, çocukları için... İnsan vardır; parası için kendini adamıştır. Ve aslında adandığı şeyler için kendinden olmuştur. Çünkü bu durumun tek sebebi, içindeki o boşluğu yanlış anlamlarla doldurmasıdır. Mutsuzluğun iki sebebi vardır: cehalet ve gaflet. İnsanın cehaletten ziyade gafletten kurtulması gerekir. İnsanların kendileriyle kavgaları yok. Bu kavga dışındakilerle ilgilidir. İnsanın haddini bilmesi gerekir. Cehalet, dışındakini bildiğinde; gaflet, kendini bildiğinde yok olur. Bu durumda şöyle bir gerçek çıkıyor karşımıza: Bir insan ilim sahibi olabilir ama kendini bilmiyorsa hadsizdir. Ve bir insan bazı konularda cahildir ama haddini bildiği için mütevazıdır. Aslolan, ilmimizi geliştirirken, bunu bir üstünlük olarak görmemek. Kıymetli olan içimizdir ama değerli olan kendimizi bilmemizdir. Temennim hem ilim hem de irfan sahibi olabilmektir. Mesleki amacım, edindiğim az da olsa bilgiyi sizlerle paylaşmak; insani amacım ise irfan sahibi bir insan olmak. Kariyer yolculuğumda çok fazla ilim sahibi ama irfandan yoksun insan tanıdım. Hiçbirinden bir şey öğrenemedim.

Umarım, her biriniz entelektüel, nezaket ve zarafet sahibi, ilim ve irfan sahibi insanlarla kucaklaşırsınız. Günden güne büyüyen bir boşluk hissine, yaygınlaşan depresyona, intihar girişimlerine, yüzeysel mutluluklara, hızlı biten ilişkilere, ayrışmalara, aşırı tüketime, mutsuzluk ve neşesizlik çığlıklarına karşı yazmaya çabaladım *Elma Dersem Çık*'ı. İsmi çocukluğumuza götürsün, bir umut doğursun, içi ise iyice doyursun istedim. Her bir satırında içinizin sıcacık olması dileğiyle...

Aşkım Kapışmak

ELMA DERSEM ÇIK

Çocukluğumuz, en özgür ve neşe dolu zamanlarımız... Başımıza ne gelmiş olursa olsun canlı bir bedenle ve ruhla karşıladığımız deneyimler. Ölüm korkusunun çok uzaklarda olduğu, gördüğümüz her şeyi büyük şaşkınlıkla algıladığımız yıllar. Baskıcı, otoriter ya da sevgisiz, problemli, hatta aşırı rahat ya da şımartan, belki de şiddet eğilimli, zayıf ebeveynlerimize bile göğüs gerebildiğimiz çocukluğumuz. Kimi için sağlıklı anne babayla kimi için de problemli anne babayla yaşanan çocukluk yılları... Ne olursa olsun güldüğümüz, oynadığımız; cesur, kaygısız ve özgür olduğumuz çocukluğumuzu aklımıza getirelim. Hani çılgınlar gibi büyümek istediğimiz o zamanları hatırlayalım. İnsan büyüdükçe, çocukluğundaki canlılığını yitirir, neşe uzaklaşmaya başlar, yerine kurallar ve sorumluluklar gelir. Zaman geçtikçe biraz daha saklarız içimizdeki çocuğun o güçlerini. Ayrılık acısının, aldatılmanın, yanlış anlaşılmaların, pişmanlıkların, utançların, başarısızlıkların, travmaların, bedensel ve ruhsal hastalıkların arkasına saklarız çocukluğumuzu. Artık o mahalle ve evler; sokaklar, ağaçlar ve gökyüzü tanıdık gelmemeye başlar ya hani... Özgürce akıttığımız gözyaşlarını saklarız ya... İçten içe pişman olmuşuzdur ya büyümekten... Artık sevdiklerimiz pek sevimli gelmez ya... Oyuncakların yerini para, peşinden koştuğumuz topların yerini insanlar almaya başlar ya... Dans ettiğimiz şarkıların yerini bizi durduran şarkılar alır ya... Zamansız dalmaların yerini kaygılı dalışlar alır ya... Yaşama heyecanının yerini ölüm korkusu alır ya... Morarmış dizlerimizin yerini tamir edilmesi zor acılar alır ya... Oyuncak yerine para biriktirmek zorunda kalırız ya... İşte her şeyin yerine kucaklaşamadığımız bir yetişkinlik gelir. Ve biz şimdiki yaşımızda neşeyi, seyrek zamanların sandıklarına gizler, korka korka çıkarıp bakarız. Şimdi, "Elma dersem çık" dediklerinde ortaya çıkan çocukluğumuz kalmadı. Ne değişti o zamandan şimdiye? Kim inandırdı her birimizi bu ölüme? Kim korkuttu yarınlardan bizi? Kim sakla diyor çocukluk neşemizi, eğlencemizi, özgürlüğümüzü, birliğimizi, beraberliğimizi? Kim? Kim öğretti yaş alırken çocukluğu vermeyi? Ne çabuk affeder, kabul eder, devam ederdik.

Sana söylüyorum.

Korkma artık!

İçinde bir yerlerde o çocuk. O canlı, neşeli, iyi çocuk. O masum, gizleniyor acılarının arkasında.

Hadi bir iyilik yap kendine. At üstündeki anıları teker teker. Gizlenmiş küçük "sen"ler var her yerde. Bir davet bekliyor hepsi. Hani yıllar öncesindeki gibi. Sonsuz güven duyduğun bir ses geliyor canlı canlı ruhuna. Ve tekrar neşelen, umutlan, sev, güçlü ol, değerli ol diye...

"Elma dersem çık!" diyor. Hadi, hayat seni bekliyor. Çık ortaya, dimdik dur. Ölene kadar yaşamak sorumluluğu... Her şeye rağmen, şu ana kadar ne yaşamış olursan ol; elma dersem çıkar mısın?

Sevinç Gözyaşları

Kaybetmenin acısı kaçınılmazdır. Sevdiklerimizi (canlı-cansız) zor kazanırız. Ama eninde sonunda kaybedeceğiz. Yaşam içinde kesinlikle yapmamız gereken şey, kaybedeceğimizi kabul etmektir. Hayatta değiştiremeyeceğimiz ve acizliğimizin olduğu kesitler vardır. Bu acizlik insanı mutsuz etmemeli. Tam tersine, emin ve güvende hissetmemizi sağlamalıdır. Mutluluk ve sevinç, acıları reddederek değil, kabul edip bu acıların etrafında büyüdüğümüzü bilirsek bizimle olurlar. Mutluluğu bilmemiz, mutsuzluk bilgilerimizden geçer. Geride kalan ne kadar üzüntü varsa hepsi sevinç doğurur.

Açıkçası acı deneyimler, üzüntü ne kadar derinse bizde ortaya çıkacak olan neşe ve sevinç o kadar büyük olur. Şimdiki zamanlarda insanlar, acı çekmeden mutlu olmanın yollarını arıyor. Hoş, onları bu raddeye getiren de çektikleri acı. Ama bu imkânsızdır. Eğlenmekten haz almak gibi deneyimleri kesinlikle mutlulukla eşdeğer tutmamak gerekir. Mutluluk ve mutsuzluk iki kardeş gibidir. Aynı zamanda, aynı yerde büyüyen iki kardeş.

Bu durumda olana rıza göstermek çok değerlidir. Rıza kavramı eninde sonunda sevinci hediye eder. Hayatın kendini onlara sunduğu haliyle olabilmek, geleni kabul edebilmek, başka türlü olsun diye aşırı talep etmemek, sevinç kapısını açar.

İnsan neden çok sevindiğinde ağlar? Bu, mücadele ederek üstesinden gelebildiğimiz acılarla alakalıdır. Önce şunu bir soralım kendimize:

Kendimizden memnun muyuz?

Eğer bu soruya gerçekten "evet" diyebiliyorsak, bu sadece kendimize değil, o an için bizimle olan tüm evrene, olanlara, olmuşlara evet demektir. Çünkü biz, deneyimlenmiş tüm yaşamla baş etmiş olan kendimizden memnunuzdur. O acılar, sorunlar, engeller, problemlerle mücadele etmiş ve halen ediyor olan kendimizden memnun olmaktır.

Aslında her şey darmadağın ve paramparçadır. Kabul etmediğimiz zaman hepsi iyice dağılır ve daha çok yoruluruz. Kabul etmek, rıza göstermek, tüm olanları bir araya toparlar; böylece, olanlar aynı kapıdan girmeye başlar. İşimiz kolaylaşır, karşılama şeklimiz, onlarla baş edebilme potansiyelimizi ortaya çıkarır. Ayrılıkların, kaybedişlerin, yok oluşların olmadığı bir evren var mı? Bilemiyoruz. Ama içinde yaşadığımız dünya bu şekilde, kim olduğunla ilgilenmiyor. Burada anlatmak istediğim, sevdiklerimize onları kaybedecekmiş gibi bakmak, onları dozunda sevmek değil. Tam tersine, çok sevin; verebileceğiniz, hak ettikleri canlılıkta sevin. Bir gün gideceklerini bilerek çok sevin. Neşe ile tadını çıkara çıkara...

Ama gittiklerinde acısını çekin; onların gitmesi demek, sevebilme yeteneğinizin gitmesi demek değil. Onları ve hayatı sevmeye devam edin.

Acınızı, üzüntünüzü yaşayın. Sebep ve sonuçları düşünün. Düşün, kalkın. Ağlayın, gülün. Susun, konuşun. Azalın, çoğalın ama kabul edin. Hem gidenleri hem şimdiyi hem de gelecekleri sevin. Bazı insanlar gidenler sayesinde derinleşir. Cömert olalım, çünkü hepimiz yok olacağız.

Hiçbir insanın ya da eşyanın fiziksel halini koruyup sonsuz kılamayız. Hepsi imajlarıyla zihnimizdedir. Maddeci dünya sisteminde insan tam tersine odaklanır. Kimsenin ölmesini istemez. Elbette biten, giden, ölen her şey neşe verir demiyorum. Ama ölümle yapılan anlaşma ve kabulleniş sadece sevdiklerimizi alır, sevme gücümüzü değil. Doğumu, büyümeyi, tanımayı, tanışmayı seviyorsak ölümü de kabul etmeliyiz. Her insan bilgeliğe sevdiklerini kaybederek ulaşır. Zamanında yaşanılan büyük mutluluklar tebessüme, büyük acılar ise iç geçirmeye dönüşür.

Ne mutlu hepimize!

Zamanında uzun ya da kısa sürse de birilerini sevmiş, âşık olmuş bizlere ne mutlu! Er ya da geç başkalarını da sevmeye devam etmiş, vazgeçmemişlere ne mutlu! İnsanlar ve eşyalar gitse de kendisindeki sevebilme potansiyelini yitirmemişlere ne mutlu! Tüm acılardan sonra ufacık bir şeyden sevinç çığlıkları atıp gözyaşlarına boğulanlara ne mutlu!

Ne mutlu sevinç gözyaşlarına!

İyi Nedir?

İnsan bir eylemi üç sebepten yapar:

1- Faydalı olduğu için

2- Haz verdiği için

3- İyi olduğu için

Tabii bu sebepleri teker teker incelemek, farkına varmak ve içselleştirmek gerekiyor. Gündelik yaşantımızda alışkanlıklarımız nedeniyle bu sebeplere bakmadan eylemde bulunuruz. Derin mutsuzluklarımızın, sık kaçan keyfimizin sebebi bu farkındalık eksiğidir. Bir eylem haz verebilir ama faydalı olmayabilir. Ya da haz verir, fayda verir ama iyi olmayabilir. İyi, haz ve faydanın sürekliliğidir. Bazılarımız spor yapmaktan, kimi para biriktirmekten, kimi şan ve şöhretten, kimi sarhoş olup eğlenmekten, kimi ibadetten, kimi hobilerinden haz alır. Genelde herkesin haz noktası farklıdır. Daha doğrusu temel hazların dışında olanlar, yani yeme içme ve cinsellik dışındaki hazlarımızın kaynakları farklıdır. Genellikle mutluluk ve haz denilen kavramları karıştırırız. Mutluluk iyi olan demektir. Yani, haz ve faydanın sürekli oluşunun sonucunda mutluluk gelir. Gülmek, eğlenmek haz ile alakalıdır. Mutlu insan bunlar için sebep aramaz, o zaten bir sonucu yaşıyordur. Mutlu insan daha sessiz ve sakindir. Bunun için uzun bir çaba gerekir. Ama ne yazık ki mutluluk kavramı en çok pazarlanan ve rağbet gören üründür. Ev, araba, çikolata, cinsellik, kitap, tatil vb şeylerin satışında kullanılır. Anlık hazlarımızı mutluluk ile karıştırmamak gerekir. Temel hazlar için (yeme içme, cinsellik) dışarıdan nesneye ihtiyaç duyarız. Öznel hazlar için kişisel çabalarımız önemlidir.

Gerçek hazda, kişinin etkin olması önemlidir. Muhteşem bir yağlıboya tabloya bakarken haz duymayız. Burada hissettiğimize keyif diyebiliriz. İlk defa gördüğümüz bir şelale, dağ ya da okyanus bize keyif verir. Keyif, bir şey yapmamaktan haz almaktır. Hazda bizim katılımcı, üretici ve etkin olmamız gerekir. Ailenizle pikniğe gittiniz. Herkesin karnı acıktı. Eğer eşiniz mangalı tek başına yaktı, etleri pişirdi ve sofrayı kurduysa siz keyif duyarsınız. Ama mangalı siz yakar, etleri hazırlar, yani etkin olursanız bu sizi gerçek hazza ulaştırır. Vücudunuz dünden kalan stresi atar, işe yaramak değerli hissettirir. Bu eylem aynı zamanda faydalıdır da. İstikrarlı devam ederse iyiye dönüşür. Anne babaların çocuk yetiştirirken en sık yaşadıkları problem, ebeveynlerden birinin etkin olması, diğerinin pasif kalmasıdır. Babanın çok çalışıp para kazanması haz verebilir, hatta kısa vadede aileye faydalıdır da. Bu ağır bedel çocuğun gelişimini izlemesine engel olur, çocuk üzerinde etkin olmayabilir.

Ama uzun vadede haz ve fayda istikrar sağlamaz. Yani istikrarı olmadığı için iyi değildir. Mesela size şu anda yapması zor gelecek bir eylemi düşünün. Diyelim ki spor yapmayı istiyorsunuz. Bu eyleme bir türlü geçemediniz. Onu yapabilmek için başka bir şeyden vazgeçmeniz gerekiyor. Mesela bir saat uyku. Eyleme geçtiniz, ilk bir hafta bu eylem haz vermez ama faydalıdır. Zamanla haz verir, fayda devam eder, sonunda iyiye götürür. Bizler baştaki o haz problemini aşamıyoruz. İkinci bir örnek, susmak! Diyelim ki ciddi sıkıntılı bir ilişkidesiniz. Tartışmalarda tahrik olmamanız gerekiyor. Her defasında istemediğiniz şeyler söylüyorsunuz. O an ağzınızdan çıkan sözler kısa süreliğine haz verebilir. İçten içe onu cezalandırmak ve egonuzu korumak zorunda hissediyorsunuz. Ama o durumlarda susmanız gerekiyorsa bu zor bir durum olur. Belli bir süre susmak, haz vermez ama zamanla gerçekleri görmenizi sağlayacaktır. Bu alttan almak değildir. Belki zamanla daha kolay bitirebileceğiniz ya da daha radikal kararlar alabileceğiniz bir ilişkiniz olabilir. Hazda sabır büyük bir erdemdir. Özür dilerim ama cinsel ilişki sırasında sakın boşalma demek gibi bir şey bu!

İnsanın ve insanlığın şu zamanlardaki en büyük problemi, özel hazlarına dikkat kesilememesi. İş, özel, aile ve sosyal yaşamlarında üretken ve etkin duruma geçemiyorlar. Sürekli davet edilen olmak istiyoruz. Çiçek ekmek, iyi bir masa hazırlamak, akraba ziyareti, yemek yapmak, yazmak, okumak, hayvan beslemek, sökükleri dikmek, tamirat işleri yapmak, yürümek, kendi ekmeğini, yoğurdunu yapmak gibi etkinliklerde canlı ve üretken olamadığımız için canımız sıkılıyor. Çoğu insan bu durumda temel hazlara daha çok ağırlık veriyor (yeme içme, cinsellik). Bunlar kısa süreliğine haz verebilir ama faydası olmadığı için uzun vadede ciddi psikolojik sorunlar yaratıyor. Bu sorunlarla baş edebilmek içinse hızlı diyetler, antidepresanlar, sık partner değiştirme, estetikte abartı, sık alışveriş, derinliği olmayan arkadaşlıklar, alkol ve kumar bağımlılıkları artıyor. Falcılara, medyumlara bel bağlamak, hızlı tekniklerle hemen acıdan kurtulmaya çalışmak gittikçe yaygınlaşıyor. Temel hazlar kötü değil ama denge kaçınca, yaşam da kaçıyor. İnsanların zamanla köylere, doğaya kaçmasının sebebi, üretken yaşam özlemidir. Şimdi hepimiz eylemlerimizi birer birer gözden geçirelim, neler yapıyorum diye... Hangileri faydasız? Hangileri sadece haz? Hangileri iyi?

Sosyal medyada bir insanın sürekli malını mülkünü, çantasını, ayakkabısını, kullandığı markaları sergilemesinin sebebi, mutsuzluğudur. Tabii bu eleştiriyi kesinlikle kabul etmezler. Üretken bir yaşamları olmadığı için hayran oldukları metaları paylaşırlar ve onlar üzerinden beğenilme ihtiyaçlarını giderirler. İnsanın beğenilme ihtiyacı normaldir. Ama bunu sıkça eşyalar üzerinden karşılamaya çalışıyorsa burada bir problem vardır diyebiliriz.

Tabii bir önceki konudaki temel hazlardan açlığı biraz daha incelemek gerekiyor. Açlık ile isteği ayrı değerlendirelim. Açlık doyurulmalı, yoksa rahatsız eder. Ama istek farklıdır. Doyurulmazsa rahatsız etmez. Açlık zorunlu, istek özgürlüktür. Örneğin; bir tabak kuru fasulye açlığınızı giderebilir. Ama etli kuru fasulye, yanında turşu istekle ilgilidir. İlki de karın doyurur, ikincisi de. Ama ikincisinde özel isteklerimiz devreye girer. Sadece kuru fasulye ile doyarsanız haz alırsınız. Etli ve turşulu olursa hazzınıza neşe eşlik eder. Neşe güzeldir, tadı kaçmadıkça. İlişkiler de böyledir. Son zamanlarda Türkiye'de, hatta tüm dünyada diyebiliriz, aşırı ve sapkın cinsel birliktelikler duyuyoruz. Eş değiştirme, rahatsız edici boyutta alet kullanımı, grup ilişkiler vb. Birçoğumuz sebebini merak ediyoruz, hatta algılamakta güçlük çekiyoruz. "İki insan birbirini seviyorsa neden böyle şeylere ihtiyaç duyuyor?" demekten alıkoyamıyoruz kendimizi. İki insanın arasında gerçek sevgi varsa, altını çizelim, gerçek sevgi dedim... Bu sevgi türünü diğer bölümlerde (Sevginin 4 Öğesi) anlattım. Üretken ve canlı sevgi varsa, yani ilgi, sorumluluk, saygı ve bilgi varsa o cinselliğe haz ve neşe eşlik eder. Genelde bu tipler gerçek sevgiyi yaşamazlar, karşılıklı saygı ve bütünleşme yaşamazlar. Tek başlarına birey olamadıkları için birbirlerine ve birbirlerinden çıkar sağlayacakları şeylere bağımlı olurlar. İlişki sadist ve mazoşistçe devam eder. Cinselliklerinde bu sadist ve mazoşist durumu açıkça belli ederler. İlişkide sadece haz olduğu, ancak sevgi olmadığı için neşe ihtiyaçlarını farklı yollardan sağlamak isterler. Saygı ve bilgi yoksunu oldukları için birbirlerine zarar verirler. İlginç olan buna bağımlı ve bir türlü bundan kurtulamamış olmalarıdır. Normal ilişkilerimize bakalım; gerçek sevgi var mı yok mu? Eğer yoksa muhabbet de yoktur. Muhabbet yoksa tamamen bencillik ve alışkanlıklar vardır. Her hafta sonu AVM ziyareti, haftada bir gün cinsel ilişki ile olacak bir şey değildir evlilik. Muhabbetin planı, programı, yeri zamanı olmaz. Birbirlerini görünce tasarlamadan başlar, uyumlanır, bütünleşir. İşte bu sebepten hepimiz her türlü ilişkimiz için neden sorusunu sormalıyız. Haz, fayda ve iyi açısından.

Mutlu ve İyi Olmak En Büyük Başarıdır

Mutluluk, yaşamın insana verdiği bir şey değildir. Yaşam akar, senin içinden çıkacağın bir etkinliktir. Üzüntü, öfke, stres ve gerginliklerimizden kurtulmak için yaptığımız şeyler değildir. İyi ve mutluluk kavramlarının süreklilikle geldiğini söylemiştim. Bir sürü neşe kaynağımız olabilir. Ama bir tane mutluluk kaynağımız vardır: akıl ile çözümlemek. Bu, zamanla gelen bir deneyimdir. İnançlı insanlar bilir ki; Allah'ın ilk emri "Oku"dur. Bu sadece kitap okumak değil, canlı yaşamını okuyabilmektir. Bunun için akla ihtiyaç duyarız.

Birbirinden farklı renklerde ve türlerde çiçekler olduğunu düşünün. İlk başta heyecan alır içimizi. Her bir çiçeğe baktıkça şaşkınlıklar yaşarsınız. Bu şaşırma hali en derinde olan gerilimlerimizi azaltan odak değiştiriciler olur. Çiçekleri izler, dokunur, kokladıkça neşe duyarsınız. Bahçeden çıktığınız an neşe üzerinizde bir süre kalır. Ama kalıp toprağa dokunmaya ve sessizce bahçeyi izlemeye başlarsanız konsantrasyonunuz artar. Mana âlemine geçersiniz. Çiçeklerin renginden yapraklarına, dallarından köklerine, güneşten yağmura, topraktan rüzgâra, böceklerden doğaya, organizmalardan hücrelere, oradan atoma, atomdan sisteme, sistemden yaradılışa kadar bir zihinsel yolculuğa çıkarsınız.

Akıl yolu ile çıktığınız bu yolculuk zamanla birçok alanda sık deneyimlenirse, mutluluk sonunda gelmeye başlar. Adı üstünde mutluluk, saadet demektir. Saadet ise sükût ve huzurdur. İnsan bu sıra dışı zihinsel yolculuğa sessizlik ve huzurla gider. Bu deneyimi canlı cansız her şeyde elinizden geldiğince deneyimlemenizi öneririm. İşte bu bir başarıdır. Eğer yetenekli ve istekli iseniz sık sık bu süreci deneyimleyebilirsiniz. Tabii en büyük engeliniz, yine kendiniz olacaksınız. İnsanın gücü burada ortaya çıkar. Normal hayatımızdaki işlerde güçlü olmak kolaydır. Mesleklerimiz, yaptığımız işler bir şekilde öğrendiğimiz şeylerdir. Para kazanmak, kariyer yapmak için deneyim gücü elde ederiz. Rekabet dünyasında kimse aç kalmaz. Herkes kendi yolunu bilir, bulur. Güzel yemekler yapabilir, işinizi geliştirebilir, hatta zengin bile olabilirsiniz. Ama mutlu olabilir misiniz? İşte bunu herkes başaramaz. Gerçek başarı mutlu ve iyi olabilmektir. Üretken yanımızı keşfetmeli ve geliştirmeliyiz. Dünyadaki hemen hemen bütün başarılı ve zengin insanlar mutsuzdur. Çünkü uğruna adandıkları şeyler için kendilerini feda etmişlerdir. Düşünsenize, mutlu olmak için para kazanıyoruz. Kazandığımız parayı daha fazla para kazanmak için kullanıyoruz. Ve bu hepimizi daha aceleci ve sabırsız yapıyor. Hayatımızdaki her şeyi rakamlara bağlıyoruz. Kendimize yorulma hakkı vermiyor, çalışmadığımız zamanlar fırsatların elimizden kaçtığını düşünüyoruz. Mükemmeliyetçi, zamana sahip olmaya çalışan, her şeye sahip oldukça daha da az dinlenen varlıklara dönüşüyoruz. Öyle ya da böyle herkesin evinde elektronik eşyalar var. Telefon, televizyon, bilgisayar... Bazılarında en lüksleri var. Acaba kaçımız sahip olduğumuz bu eşyaları fayda için kullanıyoruz? Evlerimizde okumadığımız kitaplar için yığınla paraya yaptırdığımız kitaplıklar, kütüphaneler var. Kitapların kaçını derinlemesine okuduk? Çoğumuzun evinde en çok magazin ve reklamlar izleniyor.

Hayatımıza hiçbir katkısı olmayan dizilerin sonlarını düşünerek, olacakları bildiğimiz halde üzerine senaryolar üreterek zaman geçiriyoruz. Gündüz kuşağında deterjan reklamları; akşam kuşağında mobilya, ev, araba; gece kuşağında da abur cubur reklamlarına bağımlıyız. Evi temizle, sıkılınca eşya değiştir, krediye gir, ev al, mutlu olmak için abur cubur ye ve "Bizi izlemeye devam et." Ülkenin çoğunluğu ev ve işyerlerine kendini hapsetmiş ailelerle dolu. Yemek, içmek, cinsellik üzerine kurulu bir yaşam. Tüm yaşamlarını, çocuklarına en azından bir ev bırakmaya adayan anne babalar... Kaç muhabbet, kaç sevgi deneyimi, kaç çıkarım, kaç kucaklaşma, kaç tartışma ve kaç hayal bırakıyoruz acaba?

"Başka nasıl iyi ve mutlu olabilirim?" diye soruyorsanız, bunun cevabı da gerçek dinlenme diyebilirim. Hiçbir çaba ve mücadelenin, hatta beklentinin olmadığı dinlenme halleri. Bedenimizin ve ruhumuzun ritmi, yaşam mücadelesi yüzünden bozulur. Dinlenme, ritim düzenlemek demektir. Bunun için uzak diyarlara gitmeye gerek yok. Her insan imkânı ölçüsünde her gün dinlenebilir.

Ama bizim insanımız, dinlenirken bile düşünür, dalar gider. Bu sadece bedeni durdurmaktır. Kimse bize hazdan elini ayağını çek demiyor. Ama gerçekten ara verip dinlen diyor.

Artık tatile çıkmak bir hayal, tatilden çıkmak ise başka bir hayal olmaya başladı. Gerçek bir dinlenmede insan, tekrar işine ve hayatına dönerken daha umutlu ve istekli olur. Eğer dinlenemiyorsak eve dönmek ızdıraplaşır. Pazartesi sendromu diye bir saçmalığı ürettik. Çünkü tatil günlerimizde sadece gerilim boşaltacak hazlarla ilgileniyoruz. Acıdan kaçar gibi eğlenceler, günlerdir uykusuz kalmış gibi uzun uykular, ilk defa görmüş gibi saatlerce internet ve televizyon. Sonuç; sendrom. Duralım biraz, en azından hafta sonları, en az yarım saat. Hareketsiz duralım. Sıkılsak da sessiz ortamlarda, sessizce duralım ve bekleyelim. Yapamıyoruz, neden? Ya fırsatlar kaçıyor ya da hazlar erteleniyor diye. Hepimiz odadan odaya göç edebiliriz. Her şeyi yarım saat de olsa terk edebiliriz. Ya da Hindistan'a gidip dağlara çıkıp inebiliriz. Hazlardan göç etmediğimiz sürece ne fayda... İslam dininde neden umre ve hac vardır? Öncelik ibadettir. Peki, amacı nedir? Kendimizden göç etmek, nereye; akla, huzura, mutluluğa. Gitmeyi bilmiyorsan ağlamaya mahkûmsun. Kimsenin kaderi kötü değildir. Sadece bazılarımızın iyiye ve mutluluğa giden yolları farklıdır. Kiminin ayağına taş, kiminin ayağına dağ takılır. Ve en büyük isyan, neden bana dağ, ona taş demekle, yani kıyasla başlar. Unutma, sana dağ olan onun hayatında taş gibidir. Senin taş dediğin ise başkalarının aşamayacağı dağ gibidir.

Bilinçsiz Mutluluk / Mutsuzluk

Sosyal medya ile daha fark edilebilir bir hal alan bu durumdan kişi haberdar değildir. Çoğumuz etrafımızdaki ya da sosyal medyada izlediğimiz bazı kişilerin, nasıl bu kadar mutlu olduklarına anlam veremeyiz. Hayatlarında ne var ya da ne yapıyorlar da bu kadar mutlu olabiliyorlar? Bazılarımız o kişilerin hayatlarını, kendi hayatlarımızla kıyaslayıp, acaba bende mi bir eksiklik var diye iç geçiriyoruz. Tabii bu durum da kendimizle ilgili başka bir yanlış kıyas olabiliyor. Çok az insanın bilinçaltı ile bilinci birbirine yakındır. Gerçekte sevmediğimiz insan ve uğraşları bilincimiz çarpıtır. Ve kendimizi o şeyleri sevdiğimize inandırırız. Bu, kendimize oynadığımız bir kandırmaca oyunudur. Buz dağının görünmeyen kısmı gerçek bendir. Anlayamadığımız rüyaların sebebidir. Gerçek sevgi ve güvenle beslenmemiş birçok insanda olabilecek bir durumdur. Şöyle bir örnekle belki daha iyi algılanabilir:

Diyelim ki, zor bir çocukluk yaşadınız. Anne babanız sevgisini gösterebilen ebeveynler değildi. Hatta sert ve cezalandırıcı tiplerdi. Bilinçaltınızda onlara dair öfke birikti, ama bilinciniz bu durumdan sürekli kaçtı. Yaşınız ilerledikçe baş edilemez rahatsızlık verdiği için bilincinizde onları çok sevdiğinize kendinizi inandırırsınız. Hatta bu çarpıtmayı davranışlarınıza döker, aşırı ilgili olabilirsiniz. Onlardan uzakta yaşıyorsanız özlersiniz. Yanlarına gidince çabuk sıkılırsınız. Belli bir süreye kadar yan yanayken her şey iyidir. Ama ufacık bir olay ya da söz bilinçaltınızı serbest bırakır ve patlarsınız. Sonra hızlıca pişman olur, durumu telafi etmeye çalışırsınız. Bu durum hep böyle devam eder. Ve keyifsiz olan bu deneyimler sizi andan, anın canlılığından alıkoyar. Çoğunlukla etrafa karşı da onları çok seviyormuş gibi gözükmek istersiniz. Meslek hayatımda ender de olsa bunu evladına karşı hisseden ebeveynler gördüm. İş hayatı ve sosyal yaşamı çocuk dünyaya gelince değişen ve bilinçsizce ona öfke duyan, hissettikleri yüzünden aşırı pişman olup çocuğun üstüne fazlaca düşen anne babalar. Tabii ki anne baba sevgisi tartışılmaz. Ama çocuğunu aşırı sevmeye çalışan, her istediğini yapan, dengesiz ve tutarsız duygu durumlarına girip çıkan, derin öfkesini aşırı tavizle kapamaya çalışan anne ve babalar bir daha kendileriyle yüzleşmelidir. Farklı bir örnekle duruma yaklaşmak isterim. Klişe bir söz vardır: "En büyük aşklar nefretle başlar." Dışarıdan bakınca garip ve itici gözüküyor, insan nefret ettiğine neden ve nasıl âşık olabilir diye!

Ama gerçeğe yakın bir sözdür.

Kişi bilinçaltında ondan çok hoşlanıyor, onu seviyor ve arzuluyor. Bu his, bilincine geldiğinde "hayır" diyerek tepki veriyor, hatta bunu ispatlamaya çalışıyor. Her hareketini eleştiriyor, her sözünün battığını düşünüyor. Ta ki bilinçaltı tamamen açığa çıkana kadar. Aslında sevmediğimizi düşündüğümüz birçok insanın sevgisini alamadığımız için bunu hissediyoruz. Gerçekte onu severiz ama onun tarafından sevilmediğimiz için kendimizi ondan nefret ettiğimize inandırırız. Sanat ve siyaset dünyası böyle birbirinden nefret eder gibi gözüken insanlarla doludur. İzleyici bu duyguları gerçek sanır. Birbirlerine direkt kötülük yapmamış insanlar, nasıl böyle düşman olur sizce?

Her iki taraf da sevilmemeyi hazmedemez. Ve bu sevilmeme hissi küçültücü bir korku verdiği için, üstün gözükme ihtiyacını nefret ederek kazanır. Ve buna önce kendisini sonra çevresini inandırır. Kim bir başkasına kıskandığını açık açık itiraf edebilir? Kim diğeri tarafından sevilmediği için üzüldüğünü itiraf edebilir? Deli gibi âşık olup ilişkiye başlayanlar, neden kısa sürede düşman olabiliyor? Nefret ediyorum diye haykırmasının altında karşılanmamış haz olduğu için. Ülkemizdeki siyaset algısına bir göz atarak çoğunda benzer durumu görebiliriz. Artık magazinel bir duruma girmiş olan siyasi çekişmelerde, siyasi liderler ünlü bir şahsiyet havasındalar. Son yıllarda bir kesim sanatçılar X partiye, bir kesimi ise Y partiye yaklaşıp yakınlıklarını açıkça gösterir oldular. Tuhaftır, her iki kesim de birbirini yalaka olmakla suçluyor ve kendilerini bu durumun dışına alıyor.

Çünkü en haklının kendisi olduğuna inanıyor. Körlük burada başlıyor. Herkes özgürdür, bu özgürlük diğerinin de hakkıdır. Kimin samimi, kimin çıkarcı olduğunu bilemem. Beni pek de ilgilendirmiyor. Ama herhangi bir ünlü için, orada burada yalaka deyip gizli gizli aynı imkânlara sahip olmak isteyen ünlülere de şahit olduk. Konser, dizi, TV programı için yakınlaşanların birçoğu düne kadar kendisi gibi olanı kişiliksiz olarak değerlendiriyordu. Demek ki geçmişteki nefretin sebebi bilinçaltındaki yakın olma arzusu.

Yaşama Sevinci

Yıllarca üç adımda mutluluk sattıklarını iddia eden insanlardan uzak durdum. Öyle bir zamanda yaşıyoruz ki, insanlar küçük bedeller ile büyük ve kalıcı sonuçlar elde etmek istiyor. Uzun ve istikrarlı bir çabanın sonrasında siz farkında olmadan akan bir an gibidir neşe. Kesinlikle ellerimizle tutamayacağımız, hapsedilemez, durdurulup ertelenemez bir durumdur. Farklı özgürleşme hallerine girebilmektir. Şimdiki birçok alışkanlığımızdan kurtulmamız gerekebilir. Bizler, kendi alışkanlıklarımızın farkında olamıyoruz. Bunun için yoğun bir konsantrasyon hali gerekiyor. Ezber zihinle izlenen dünya yine ezber ruh halini bize geri veriyor. Yorgunuz, yıpranmışız, vazgeçemiyoruz.

İçine dünü koymadığımız bir gün olsa, gelecekle ilgili her şeyi cımbızla çekip atsak, neşeyi her gün gözümüze damlatsak, hafif bir makas alsak yanaklarımızdan, ayak parmaklarımızla dans edene kadar derin bir nefes alsak, tek tek saysak yerinde duran organlarımızı, şükürle yıkasak yüzümüzü, umutları giysek ayaklarımıza ne dersin?

Yukarıda yazdığım yazı, okurken insana hoş bir serinlik veriyor. Yıllardır sosyal medya hesaplarımda farkındalık sağlayan yazılar paylaşıyorum. Sizler de sağ olun, on binlerce, yüz binlerce etkileşimle benimle berabersiniz. Yaptığınız yorumlarda, attığınız maillerde, yolladığınız mektuplarda sıklıkla şu soruyu soruyorsunuz:

"Peki ama nasıl?"

Hepinizin sorusuna burada cevap vermek istiyorum. Yazılması ve okunması kolay olan bu cevabın hayata geçirilmesi elbette kolay değil. Her birimizin farkındalık, samimiyet ve mücadele edebilme eşiği farklı. Kimi için sosyal medyadaki yazılar gibi okunup rafa kalkacak, kimileri içinse bir isteğe ve eyleme dönüşecek. Ben üstüme düşeni yapıp yanıtı sizinle paylaşacağım, gerisi sizin ellerinizde.

Hadi o zaman başlıyoruz.

Bu bölümü okurken sizden maksimum dikkat rica ediyorum. Her bir satırı yavaş yavaş okumanızı istiyorum. Anlaşılmayan yerlerde durup tekrar başa dönmek iyi olacaktır.

İlk adım, konsantrasyon.

Konsantre ol!

Zihnimiz aklımızın alamayacağı şeylerle işgal edilmiş durumda ve bizler çok az şeye konsantre oluruz. Gündelik eylemlerimizde konsantre halimiz yoktur. Genelde eylemlerimiz esnasında zihnimiz başka şeylerle ilgilidir. Yaşama sevincimiz günden güne azalmakta. İzlediğimiz şeylerin rengine, kokusuna, boyutuna, sesine, tonuna dikkat etmiyoruz. Başarabildiğimiz zaman neşelenmeye başlayacağız ama endişe sabotajcıları rahat bırakmıyor. Güneş ışığının herkesin görmediği renkleri, yansımaları vardır. Ben onları yakalamaya çalışırım. Karşıma çıkan insanların herkesin dikkat etmediği mimik ve seslerine dikkat ederim.

Bakmak ve görmek ilişkisini hepimiz biliriz. Bu iki kavramın arasındaki mesafenin artması geçmiş duygularınızla alakalıdır. Hissedemiyorsak muhakkak geçmişteki kilitlenmiş duygular yüzündendir. "Çocukluk ve ergenlik dönemlerinizi hatırlayın" dediğimde zihninize en sık gelen anı hangisi? Hadi bu anının sizde oluşturduğu duyguyu tanımlayın.

Deneyimleriniz ve oluşturdukları duygular olumsuz ise, bu durum sizin şimdiki zamanda konsantre olup gerçekleri görebilmenize engel olacaktır.

Bunun için neler yapabiliriz?

Bu kitabı yazmak için Karadağ'a geldim. Aslında önce Belgrad'a bir arkadaşımın yanına gittim. Kitabın yazım süreci orada başladı. Neşe ve konsantrasyon konusu bir şekilde Montenegro'ya kadar içimde ertelendi. Montenegro, Tivat'a geldiğimde kitabı kaldığım otelin balkonunda yazmaya devam ettim. Odam en üst kattaydı ve balkonu sağdan sola tüm denizi gören, su kenarlarından başlayan yamaçlar ve binlerce metre yükseklikte dağlarla çevrili bir manzaraya bakıyordu. Hemen solumda bulunan kıyıda tek şeritli bir yol vardı. Tek arabanın geçebildiği, denizle arasına birkaç adım mesafe koymuş iki katlı taş evler görülüyordu. Dışarıya doğru açılan eski pencereler, eskimiş beyaz taş duvarlar, tepesinde bildiğimiz kiremitlerle mimari hizası bozulmamış yapılar vardı. Önünden her geçtiğimde durup vay be demekten kendimi alıkoyamadım günlerce. Şaşırmayı özlediğimi fark ettim. Kitabın neşe ve konsantrasyona dair bölümlerini yazarken başımı kaldırıp o eve bakmaya başladım ve ilginç bir dikkat kesilme halinden sonra hayal gücüm devreye girdi. Penceresini açan sarı saçlı bir kız vardı. Evin önüne yanaşan tekneden sevdikleri iniyor, renkli perdeleri sevinçle kavrayıp çığlık atıyordu. Teni beyaz, yanakları pembe kız çocuğu, örgülü saçlarıyla kapıdan içeri girenlerin isimlerini bağıra bağıra söylüyor ve sayım yapıyordu. Bir an pencereden kayboldu ve hızla sevdikleriyle kucaklaşmak için aşağıya, kapıya indi.

Evin denize bakan bahçesi çocuk doldu, rengârenk çocuklar oyun oynamaya başladı. Arada bir kaygılarımın bulutları evin üstüne toplansa da her seferinde pencereye çıkan neşeli çocuklarla yok oldu.

Bu benim dikkatimle zihnime gelen hayal gücüm. Tam olarak anlatmak istediğim bu. Dış dünyada konsantre olun, doğaya, gökyüzüne, evlere, çiçeklere, kuşlara karşı gerçek bir dikkate ulaştığınızda hepsi sizinle konuşmaya başlayacak. Hepsini gerçekten görüp, duyup, koklayacağınız hale gelene kadar devam edin. Daha güçlü bir örnek vermem gerekirse, dört yaşında bir çocuğun eline bir kaşık verdiğinizde, hızlıca dikkat kesilip elindeki kaşığı uçağa dönüştürebilmesindeki dikkatten bahsediyorum.

Böyle bir deneyimin bana ne faydası olacak diyebilirsiniz. Eğer bu deneyimi sıklaştırırsanız, bir süre sonra canlı cansız her şeyle olması gereken şekilde iletişime geçebilirsiniz. Zamanla gördüğünüz her şeyi gerçekten hissedebilirsiniz.

Hele ki kaygı ve korku altyapınızda problem varsa, yaşam sizin için dikenli, kayıtsız, tehdit edici, düşman, kederli ve acılı bir yere dönüşür.

Her gün kaç ağacı, kaç kuşu ve kediyi, ne kadar toprağı, kaç insanı, ne kadar çimeni, kaç yıldızı görmezden geldiğimizi bir düşünelim.

Gerçekten görmeyenler, yalandan yaşayanlardır. Her insanın içinde acı vardır. Öfke, korku, kaygı gibi olumsuz duygular az ya da çok hepimizde var. Kabullenilmemiş olumsuz duygular, yaşanması gereken anın kelepçeleri gibidir. Özgürleşmemiş zihinler zamanla dünyanın kölesi olur.

An

Konsantre olabilmek bize "an"ı sunar. İliklerimize kadar hissettiğimiz bir andır bu. Beden ve ruh her şeyiyle bütünleşir. Açıkçası gerçek tat, koku, görüntü ve histen bahsediyorum. Aslında yaşamı değerli kılan şey, yaptıklarımızın sayısı değil, onları gerçekleştirirken ne kadar o anda olduğumuzdur. Sürekli yaptıklarımızdan bir şey beklemek değil, o anın içindeyken bizim de bir şeyler vermemizdir önemli olan. Ah diyorum artık. Dünyanın geldiği noktada, yaşamda nicelik önemli. Ne kadar kazandın, kaç puan aldın, kaç başarı elde ettin gibi hep nicelik ölçülür halde. Bu sistem insanı doyumsuz hale getiriyor. Çünkü nicelik açısından elde ettikçe daha da acıkıyoruz. Biraz kendimizi sorgulamalıyız. Hangi eylemlerimizin içindeyiz? Kaç anı fotoğraf çekmek için heba ettik? Kaç sohbeti video çekmek için kaçırdık? Kaç tane kuşa göremeden baktık? Hangi kokuyu alamadık? Bu kadar hakkı verilmemiş eylemlerin sorumlusu kim? Arkamızdan gelmez mi içinde yaşayamadığımız anlar? Belki bu yüzden çılgınlar gibi aşk, para, heyecan istiyoruz. Bu çığlıkların altında, normal şeylerin içinde yaşayamıyoruz. Öyle bir şey olsun ki, beni zorla içine çeksin.

Aslında her anın heyecanı vardır. Önemli olan bizim o ana nasıl tepki verdiğimizdir. Küçük bir uç uç böceğini görüp heyecandan kendinden geçen, konuşup çığlık atan çocuklar gibi. Burada uç uç böceği mi çok etkin, yoksa çocuk mu? Tabii ki çocuk. Ve bizler o ilişkiyi izlerken imreniyoruz. O çocuğun böceğe verdiği reaksiyon neden bizde yok diye hayıflanıyoruz. Her geçen gün ölüyor o çocuk. Size bir önerim olacak. Aklınıza geldikçe yapmanızı öneriyorum.

"Tam da şu an neredeyim? Ne yapıyorum? Gerçekten burada mıyım?" diye sorun. Bu bir disiplin getirecek anlarımıza.

Biliyorum, sürekli yapamayız ama en azından bir uyarıcı gibi sık sık kendimize hatırlatırsak alışkanlığa dönüşecektir. Mesela şu an; bu kitabı gerçekten okuyor musun? Burada mısın? Eğer değilsen zihninde ne var? Hadi, bırak her şeyi, gel yanıma. Okuduklarınla ol, al onları, zihninde yorumla, içselleş. Olumlu olumsuz tepkiler ver, katıl, katılma, kabul et, reddet, evet de, hayır de ama bizimle ol. Hadi!!!

Sessiz Duruşlar

Uzun uzun yazıp boğmayacağım sizi. En sade haliyle! Sessiz sakin bir yerde, kendini rahat hissettiğin bir pozisyonda oturmak, derin derin soluk alıp vermek, kendi iç dünyana çekilmek ve orada olup biten şeyleri gözlemlemek. Kendine ve dünyaya dikkatlice konsantre olmak. Bir acı hissettiğinde onu tespit etmek, ertelememek ve reddetmemek. Aklımıza düşüncelerin gelip gitmesine kendimizi bırakmak ve onlardan herhangi birine takılıp kalmadan onları izlemek. Zamanla aklımıza gelen düşüncelerin giderek azaldığına şahit olmak. O kadar çok ihtiyacımız olan bir egzersiz ki... Her şeye, her alışkanlığa zaman bulan bizler kendimiz için bu egzersize pek zaman ayıramıyoruz. Dinlenmek, sadece uzanmak ve uyumak değildir. Sessizleşmek ve zihnimize gelen her şeyi izleyebilmektir. Kendine dikkat kesilen bilinç, aslında kendine seyirci oluyor. Aklına düşen düşüncelerden zevk ve acı duymadan sadece izleyici oluyor. Çünkü insan sadece izlerken dinlenir.

Açık İlişkiler

Her şeyi kabul etmeye hazır olan insanların yoludur bu. Nedense çoğunluk kendini korumak adına, kendiyle dış dünya arasına yüzlerce kapı, oda ve bölme inşa etmiştir. Ne kadar egolu ve bencil gözükseler de, aslında kendi kendilerini sistemin dışına atmış durumdalar. O kadar az insana açıklardır ki, bu durum şanslarını, fırsatlarla buluşma ihtimallerini düşürür. Bu şekilde az insandan ve az mekândan çok şey beklerler, onlara daha çok bağımlı olurlar. Sorsan kimsenin vakti yok. Gerçekten mi? Yoksa yaptığın şeyleri bu kadar abartan sen olmayasın? Yaptıkların dışındaki her şeyi bu kadar küçük görmek egoyla alakalı olmasın? Fayda göremediğin her şeyden bu kadar hızlı kaçmak niye? İnsan neden sadece çıkarı olduklarına karşı bu kadar açık? Cevap belli: güven. Evet, güven önemli.

Biliyorum çok fazla deneyimle güvenmemeyi öğreniyoruz. Ama üstesinden gelmeli, daha açık ilişkiler yaşamalıyız. Kapıları kapatmadan; yüreğimizi, kalbimizi açıp iletişim kurmalıyız. Sevincin, neşenin nereden geldiği belli olmaz. Bazen yeni tanıdığımız birinin mimiklerinde, bir kelamında gizlidir. Hep aynı insanlarla neşeli olamayız. Onların yanında, sık sık değişen konulara ihtiyaç duyarız. Bize zarar verecek insanlar olacaktır. İçgörü kazanmak, sezgilerimizi güçlendirmek önemlidir. Güzel bir söz vardır; sevinç karanlıkta yeşermez, gün ışığında ve başkasının tesadüf etmesinde yeşerir. Açık bir yürekle, açık bir ilişkiyle, samimiyetle, güvenle tanışın, dinleyin, izin verin, gözlemleyin. Neyin nereye saklandığını bilemeyiz.

İyilik

İyi bir insan iyilik yapan mıdır? Peki öyleyse neden iyilik yaparlar? Kendilerini iyi hissetmiyorlar mı? Ben bilemem. Kim kime neden iyilik yapıyor? Bu herkesin kendi özelidir, kendi samimiyet derecesidir. Çok derin bir konudur, her iyilik alt sebepleri ve niyeti ile okunmalıdır. "Ben, ona o kadar iyilik yaptım" derken, oradaki "BEN" öyle ağır ki, iyilik eylemini alta alıp ezer halde. Bu kadar kolay okunan bir niyette insan neden "BEN" kısmını yüceltir ki? Ne gerek var? Bazen sürekli iyilik yapan biri için, iyilik yaptığı kişinin arayıp hal hatır sormaması bile büyük kötülük gibi algılanabiliyor. "BEN" büyüdükçe, küçük ve değersiz şeyler bile dev vefasızlıklara dönüşebiliyor. O yüzden iyilik yapmak kişiye özel, niyetiyle eşdeğerdir. Bilemeyiz. Ama bana sorarsanız, en iyi insan başkasının mutluluğuna sevinendir. İyiliksever insanlar, başkasına sevinirken inanılmaz canlı olurlar. Kıskançlığın tek ilacı budur.

Dünyada, ülkemizde gizlenmiş kıskançlıklar çokça ve elbette bunu kimse kabul etmez. Hepimiz birbirimizle rekabet içinde gibiyiz. Neden kendini bir başkası ile kıyaslayıp boşa zaman harcar insan? Kıyaslama, kıskançlığı doğurur, kıskançlık kötülüğü getirir, bu da yaşama sevincini bitirir. Biz biz olalım, siz de siz olun, tanıdık tanımadık herkesin başarısına sevinelim.

Çıkarsızlık

İçerikte, birçok başlığın altında hızlı yaşamdan bahsettim. Hız algısı zamanlarımızın kısaldığı hissini yaşatıyor bize. Bu yüzden insanlar, yaptıkları her şeyden fayda toplama arzusuna kapılmış durumda. Önceliklerimiz hep bize fayda sağlayacak eylemler. Yaşama sevincimizin azalmasının ana sebebi bu.

İstanbul, İzmir, Ankara, Diyarbakır, Trabzon, Kayseri, Antalya, Urfa, kısaca her ilin tüm caddelerine, meydanlarına bakın. Son dört yılda Türkiye ve Avrupa turnelerinde pek çok kenti gezme fırsatım oldu. Mutlu ve neşeli insana çok nadir denk geldim. Dışarıdan bakarsanız birçok yerde yardımsever insanlar görebilirsiniz ama derinlerine inildiğinde mutlu değiller. Rekabetin, para kazanma hırsının, yanlış ilişkilerin, çözümlenmemiş geçmişin, yüzeysel bilgilerin, aşırı sosyal medya ve teknoloji kullanımının altında ezilmiş milyonlarca insan. Sabahtan akşama kadar her saniyeyi çıkar elde edilecek şeyler üzerine yoğunlaşarak geçirmek, insanları katı hale getirmiş. Bir haftasını kendisini bastırarak geçiren eşlerin, hafta sonu etkinliklerinden maksimum neşe beklentilerine şahit oldum. Eylemlerine katacak duyguları yok. Eylemlerin onlara bir şeyler katmasını bekleyerek dinlenme ve eğlenme anlarını kendilerine sürekli zehir ediyorlar.

Her ilişkiden fayda beklememeliyiz. Alamadığımızda azalırız, üzülürüz, kızarız, düşeriz. İlişkiler fayda katarak canlandıracağımız deneyimlerdir. Bilincimizde sürekli, "Bunun bana faydası ne olur?" düşüncesini taşımak ne kadar yorucu. Her meyveyi dalından koparıp yemek zorunda değiliz. Onları izlemeyi de bilmeliyiz. İnsanları mevkileri, statüleri, ekonomik seviyeleri yüzünden hayatımıza almak ne demek! Bir kenarda dursun bilinci ne kadar basit ve hadsiz bir düşüncedir! Oysa yaşama sevinci beklentisizlikle gelen bir duygudur. Her işinizi başkalarına yaptırmaktan vazgeçin. Evde yemek yeme, yemek yapma alışkanlıkları edinelim. Daha az eşya ile daha çok şey yapabilmeliyiz. Bir yere ya da birinin yanına giderken çok fazla şey tasarlamaya gerek var mı?

"Şöyle yapacağım", "Bunu yapacağım", "Bunları halledeceğim" gibi beklentileri sıfırlayın, bunlara izin vermeyin zihninizde. "Gidiyorum ve orada ne yaşarsam kabulüm. Etkin olacağım" demek daha canlı tutar sizi. Neşe ve yaşama sevinci para ile gelseydi, zenginler intihar etmezdi. İşim gereği çevremde o kadar çok yaşama sevinci olmayan insan görüyorum ki, ilginç bir şekilde birlikte oldukları insanları da hızlıca şikâyet ediyorlar. Tam tersini anlamayalım, yani hareketli, kahkahalı, enerjik mi olmak lazım? Hayır! Bu aşırılık da yaşama sevincinin azaldığını gösterebilir. Ben huzurlu sevinçten, gürültüsüz neşeden, rahatsız etmeyen kahkahadan, canlılıktan bahsediyorum. Lütfen her gün aklımıza geldikçe anda ve anı yaşadığımız deneyimlerde, zihnimizde "beklentisizliği" aşılamayalım. Tekrar ettikçe, zor olacak ama aklımıza geldikçe kendimize hatırlatalım. "Şu an yaşadığım her şeye kendimi katıyorum. Beklentilerimin ve anın ruhuna bırakıyorum kendimi, ne gelirse kabulüm" diyebilmeliyiz.

İÇE BAKIŞ

Yaşama sevincine giden yolda ilk olarak kişinin bir "birey" olması gerekiyor. Bir yolculuk bu ve yolculuğun başında kendine dönmeyi arzulamalıyız.

Zamanımızın çoğunluğunu dışa bakış alır, hem kendi dışımıza hem de dışımızdakilere odaklıyızdır. Asıl olan bilinçli bir şekilde içe bakıştır. İçimiz binlerce fikirle doludur. İnançlarımız, kültür, deneyimler, çocukluk anıları on binlerce saat tekrarlanan şeyler.

Temel korkularımızı da bunlara eklersek, yaşama sevincimize ulaşmamız pek kolay olmuyor. İçe bakışın amacı bizi saklandığımız yerden çıkarmaktır. Bu kopuşu sakın temel inançlardan, bağlardan, aileden kopuş gibi algılamayalım. Arkasına korku ve kaygılar temellendirdiğimiz engellerden bahsediyorum. Zihinsel özgürlüğümüzü kısıtlayan, aydınlanmamızı engelleyen, neşeyi örten, alışkanlıklarımızı sevdirir hale getiren şeylerden bahsediyorum. Bazı insanlar geçmişe dair kendi içindeki hiçbir şeyi bırakmak istemez. Bu çalışma gerçekten kendimizi tanımakla alakalıdır. Belki de tanımıyoruz, ne dersin? "Elma dersem çık" derken özellikle bunu anlatmak istedim.

"Elma dersem çık" çocukluk oyunlarımızın bir parçası. O zamanki güç, cesaret, özgürlük hissimiz yıllar sonra azalıyor. Kaç yaşında olursak olalım, "Elma dersem çık" gibi bir slogana, itici güce ihtiyacımız var.

İçe bakış kendimizi, hislerimizi, motivasyonlarımızı, arzularımızı, duygularımızı dikkatlice gözlemlemek demektir. Deneyimlerimizin bizdeki karşılıklarına yeniden bakabilmektir. Yapmamız gereken, geçmişe gidiş ve içe bakış ile anıları, deneyimleri sağlıklı bir şekilde dinlemektir. Bu deneyim tekrarı oldukça fayda sağlar. Kişi kendisinden uzaklaşıp tarafsız olabilmeli. Belki de birçok rol, bizim değildir. Belki de onaylanmak ve kabul görmek için istemediğimiz onlarca şey yapmışızdır. Belki anne babanızın gurur duyduğu şeyler sizi mutlu etmiyordu. Onları gururlandırmak için devam ettiniz. Belki de anne babanızın sevgisini kazanabilmek için fedakârlık kişiliğinizin büyük bir parçası oldu. Şu an yaptığınız iş, özel hayatınız sizi ne kadar mutlu ediyor, sizi ne kadar yansıtıyor? Bu çalışma ile içe bakış yaşarken başkalarının size bakan gözlerini önemsemez hale geliyorsunuz. Aile ve çevrenin dışında bir de kendi eğilimlerimiz var. Farkında olmadan kendimizin de kölesi olabiliyoruz. Hayatımızın en büyük başarısı kendi üzerimizdeki köleliğe son vermektir. Zamanla dünya daha güvenilir olmaya başlayacak. Hızlıca çözmeye çalışmayın. Sadece süreklilik içerisinde içe bakış egzersizleri yapın. Kölelik yanlış arzulara bağlanmakla olur. Sevinçlerimiz aktif olacağı yerde pasif olmaya başlar. Aktif olması bizim katılımımızla olur, beklentisiz canlılık vermekle. Pasif sevinç başkalarının tepkileriyle gelir. Beklentide oluruz. Etkin ve edilgin olmakla ilgilidir. "Zengin olursam mutlu olurum." "Evlenirsem mutlu olurum." "Başarılı olursam mutlu olurum." Neşe hep başka şeylerdedir.

Biz çaba ve mücadele içinde iken yaşamı kaçırırız ve bir gün huzurlu olacağız umuduyla koştururuz. Kendimizi bu kadar dışsal yaşamdan özgürleştiremedikçe sürekli geleceği garanti altına alacak planlar yaparız. "Şöyle yaparsam böyle olur" gibi.

Duygularımızın nedeni sadece kendimizden gelmelidir. Farkında olmadan kültürün, rollerin, beklentilerin kölesi olmuşuz. Elimizdeki telefondan bile ayrı kalamıyoruz. Sizce o konuda özgür müyüz? Daha iyisi olursa daha mutlu olacağımıza inanırız. "Bir ev daha alırsam rahat ederim." "Şu işi de yaparsam borcum biter." "Şuraya gidersem neşe gelir." "Bunları alırsam hayatım kolaylaşır..." Öyle mi gerçekten! Bunları oluşturdukça onların kölesi oluyoruz. Ben, hiçbir şey yapmayalım, almayalım demiyorum. Bu kadar kölelikten özgürleşelim diyorum.

Hepimiz arzuları olan varlıklarız. Arzularımızı gözlemlemeli, yeniden gözden geçirmeliyiz. Sürekli günahlarla, yasaklarla yaşamaktan sevecek şeylere göz kırpamadık. Burada kafamıza göre yaşamak değil, kafamızla yaşamaktan bahsediyorum.

Neşe size gelen bir şey değildir, o hep vardır; nedensizdir. Ona gidebilmeli, canlı ve aktif olan biz olmalıyız. Seminerlerimde sık verdiğim bir örnekle konuyu açmak isterim.

İki evli erkek düşünün. İkisinin de eşleri çalışıyor ve çocukları var. Bu iki erkek işten çıkıp evlerine giderken biri şöyle bir tasarıyla, beklentiyle yola çıkar: "İnşallah eşim yemek yapmıştır. Çocuklar da uyumuştur. Yemek yer, dinlenir, televizyon izlerim rahatça." Burada huzuru ve mutluluğu beklentiye sokup dış nedenlere bağladı. Pasif sevince geçti. Eve gitti ve yemek yok; eşi de geç gelmiş, çocuklarla ilgilenmekten yemek yapamamış. İç dünyasındaki beklentiye, dış dünya cevap vermediği için strese girdi. Edilgin bir duruma geçtiği için evdeki her şey onu olumsuz etkiledi.

Diğer kişi de beklentiyle yola çıktı ama pasif değil aktif sevince yöneldi. "Umarım eşim yemek yapmıştır, yapmamışsa birlikte gireriz mutfağa, hızlıca bir şeyler yaparız. Çocuklar uyumuşsa rahatça dinlenirim, uyumamışsa artık biraz oynayacağım, annesi de dersine yardımcı olursa yorulup uyur. Olmazsa artık bu gece ayaktayız."

Şimdi bu kişi kendinden beklentisini öne aldı. Edilginlikten ziyade etkin olmayı seçti. Eve gittiğinde istedikleri olmamışsa zihinsel olarak hazırlık yaptığı için ne yapacağını biliyor. Dış dünyadaki şeyler strese sokmayacak kendisini. Hepimiz farklı zamanlarda sürekli aynı deneyimleri yaşarız. Ekonomik, sosyal, kültürel farklılıklarımız olsa da deneyimlerimiz aynıdır.

Neşe, yaşama sevinci bizim aktif olma halimizle ilgilidir. Parası olmadan neşeli olanlara bakın. Zengin olup intihar edenlere bakın. Sevdiklerini kaybettiği halde güçlü bir şekilde yaşamaya devam edenlere bakın. Ya da yemek tuzlu olmuş diye cinayet işleyenlere bakın, lütfen içinize bakın.

ACI ÇEKMEYİ GÖZE AL

İnsanlar genellikle isteklerine ulaşabilme yolunda acı çekmek istemez. Kendilerini başkalarının hayatları ile kıyasladıkları için sık sık bu yanılgıya düşerler.

Başkalarının hikâyelerinden ziyade, sahip olduklarına odaklanırız. Kimin ne bedeller ödeyerek, ne çabalarla oralara geldiği ile pek ilgilenmeyiz. Şansa, torpile, adam kayırmaya olan inancımız çoğu zaman kendimize olan inancımızdan daha fazla gibi. Birçok fakülte mezunu genç işe başlamadan önce büyük hayaller kuruyor, hemen koltuk istiyor ve sorumluluk almaktan kaçınıyor. Yaşamla mücadelede eğitim hayatımız en kolay kısım aslında. Hiçbir deneyim kitaplarda yazıldığı gibi, öğretmenlerden dinlediğimiz gibi değil.

Geldiğimiz teknoloji çağında her şeyin bilgisayarla halledildiğini savunan insanlar, hareketle çaba göstermeyi küçümsemekte. Tabii ki teknoloji önemli ama insan emeği, çabası ve duyguları kadar değerli olamaz. Artık bakkala gidip ekmek almıyor, akraba ziyaretlerini aksatıyor, rol modellerimizi internetten okuyor, her şeyin yapılışını YouTube'dan izliyoruz. Ben bunlar kötü demiyorum ama acı çekmemek için kaçmayı doğru bulmuyorum. Ne yazık ki, "Çaba göstermelisin" dendiğinde özellikle insanların aklına, "Acı çekmelisin" düşüncesi geliyor. Eskiden "çaba" erdemmiş, değermiş, saygın bir şeymiş. Şimdilerde acı veren, gereksiz, saçma bir şey gibi gösteriliyor.

Ne yazık ki insan, gelişmek, olgunlaşmak, öğrenerek büyümek istiyorsa acı çekmeyi göze alabilmeli ve yaşayacağı süreçleri kabul etmelidir. Şu an bu kitabı okuyan herkesin muhakkak yüklenmesi gereken sorumlulukları, ulaşması gereken hedefleri, çözmesi gereken problemleri vardır. Ne kadar kaçıp erteleyebiliriz? Nereye kadar?

Acı faiz gibidir, erteledikçe artar. Güzel bir söz vardır; mutlu olmak çok az insanın payına düşerken, acı çekmek herkesin payına düşer. Birbirimizin acılarına, çabalarına ortak olmadan birbirimizi anlamamız zor.

İnsanın ne kadar güçlü olduğu, çabayı ne kadar göze aldığı ile ilişkilidir. Kimse canı yansın istemiyor; hatta dayanamıyorum bahanesiyle, hassasım, duygusalım bahaneleriyle kaçıyorlar. Küçük hazlar için büyük acılar biriktirmeye değer mi? Bir hedef için çaba gösterirken, az ya da çok acı çekerken, insanın bilinci maksimum seviyeye ulaşır. Özgüveni artar, sezgileri gelişir, empati ve sabır yükselir. Evren hiç bilmediğimiz bilgileri önümüze serer. Şımarma lüksümüz ortadan kalkar. Naz etme hakkımız artar. Bir insan şımarmışsa, kendine başka düşman aramamalıdır. Çabayı bıraktığımız anlarda, tembellik artar ve bu süreç şımarıklığı getirir. Dışımızı suçlama eğilimleri gelişir.

Artık savunmasız, belaya ve sıkıntılara açık hale geliriz. Sorumluluklar daha da artar, çözülmeyenler birikir ve iyice çabasız kalırız. Ne yazık ki bünyemiz bu duruma hızlıca alışır. Acıyı göze alıp çabadan vazgeçmeyen insanların, ışıkları göz kamaştırır. Gizemli bir albenileri olur, her ortamda fark edilirler, hatta onlarca insanı peşlerinden sürüklerler. Birçoğumuz şunu soracak: "Peki ama nasıl?" Bunun hemen harekete geçirecek bir ilacı bulunamadı. Bulunamayacak da. Ama en hafif sorumluluk ne ise acı göze alınıp eyleme geçilmeli. Hiç gücünüz yoksa en az 15 gün boyunca her gün size zor gelen saatlerde çıkın dışarı, yürüyün. Beyninize bir alışkanlığı kırıp yerine zor gelen başka bir alışkanlığı koyabildiğinizi ispatlamanız gerekir. Gün içinde kendinize küçük, basit komutlar verin ve hemen yapın. Örneğin; 2 dakika kitap okuyacağım; 5 dakika sonra televizyonu kapatacağım; sabah 1 saat erken kalkacağım vb. Burada amaç, "Söyledi ve yaptı" kısmını zihnimize kazımak. Küçük şeylerle başlamak, büyük hedeflerin motivasyonuna dönüşür. Her güzellik acı ile doğar ve çaba olmazsa solar. Yeniden doğuşa var mısın?

Kimse Açık ve Temiz Havada Yıldızları Göremez

Yaşamın en daracık ve karanlık anlarında kaldıysanız, ufacık bir ışık sizin için galaksideki yıldızlara bakmak gibidir. Kimse açık ve temiz havada yıldızları göremez. Karanlıkta insanları göremezsiniz, ağaçları hissedemezsiniz, toprağın kokusunu alamazsınız, rüzgârın sesini duyamazsınız. İşte o an, zihniniz hayal dünyasını sizin için açar. Artık kendi tasarladığınız bir gökyüzü, kendi çizdiğiniz yollar, kendi içtiğiniz sular, kendi yaptığınız kanatlar gelir önünüze ve uçarsınız. Buna hayal gücü deyin, umut deyin, düş deyin ama ne dediğinizin önemi yok, sadece kabul edin ve deneyimleyin. Her insan bu dar ve karanlık anlardan umutla çıkmayı başaramaz. Bazıları düştükleri durumlarda suçlayıcı arar, öfke ve nefret dolar, isyan eder ve kötü duygularla hayata saldırabilir. Onlar için yapabilecek pek bir şey olduğunu düşünmüyorum. Ama sizler gibi kötü olmayan, iyi insan olmaya çabalarken umutsuzluğa düşen insanlar öncelikliler diye düşünüyorum.

Her şeyi bırakıp gitmemiz için onlarca sebebimiz olabilir, vazgeçmek, pes etmek için haklı nedenlerimiz olabilir ama o ışığa sarılmak için en önemli gerekçemiz kendimiziz. Sadece inanmak ya da sadece motive edici söylemler kendi başına yeterli değildir. Kullandığımız kelimeler önemlidir ama inanç o kelimelere sarılmamızı sağlar. Her şey çoğu zaman yolunda giderken bu inancı ve mutlu edici düşüncelerimizi bilincimize pek getirmeyiz. İnanç, zorluklarda kendini gösterir. Görünmeyene olan inanç, görünecek güzel günlere kilometrelerce geriden ışık tutan haberci gibidir.

Bu dünyadaki ışıksız karanlık sadece ölümle gelen karanlıktır. Hepimizin ölüm korkusunun içinde toprak altındaki çaresizlik yatıyor. Bu sadece bedenle ilgili bir durumdur. Ruhun ışıkları hiçbir zaman bitmez. Büyük yaşam sevinçleri geçici karanlıkların sonuna gizlenmiştir. Yaşadığımız dünyadaki alışkanlıklarımız, bağımlılıklarımız, para ve kariyer, aşk ve diğer ilişki durumlarımız da çoğu zaman gönül gözümüzü körleştirir. Neşenin ve yaşama sevincinin ışıklarını göremez hale geliriz. Bu durum için büyük mucizeler bekleyenler kaybeder. Sebepler aramaya gerek yok, akışta olan her şey canlı bir farkındalıkla neşenin kendisidir.

Çocukken yaşadığım sıkıntılarda güvenecek kimse yoktu. Dört kardeştik ve annem sadece dört çocukla ilgileniyor, evdeki stresli ortamı bize yansıtmamaya çalışıyordu. Kendi başıma kaldığım anlar, dışımdaki her şey karanlıktı. Evde bana ışık olan hiçbir şey yoktu. Annem ve kardeşlerim sadece ara ara sokağa çıkıp oynadığım oyunlar gibiydi. Yaşadığım ana iyi geliyorlardı.

Ama ben yıldızları arıyordum. Her içime kapandığımda pencereden gökyüzüne bakar, uçakları izlerdim. En büyük yeminimi o zaman etmiştim. "Kendime söz veriyorum, bir gün tüm dünyayı gezecek, herkesin hikâyesini dinleyecek, başka renkteki insanlarla tanışacağım" dedim. Tabii zaman içerisinde neşe ve yaşama sevincimi de elimden geldiğince kucakladım. Birbirimizden farkımız yok, hepimizin sıkıştığı, karanlıkta kaldığı anlar olmuştur, olacaktır. Yıldızları görmek istiyorsanız, karanlıkta çırpınıp durmamalısınız. Bu sadece birçok yere çarpıp delirmenize neden olur. Zaman hiçbir şeyi unutturmaz, sadece zorluklara alışmanızı sağlar. Biz onlara alıştıkça başımızı kaldırıp hayal kurabilir, dua edebilir, isteklerimizi sıralayabiliriz. Umut ediyorum ki tüm güzel dualar, dilekler kabul oluyordur. Sadece yıldızları görebilecek bir zihin yapısına sahip olabilmek gerekiyor. Ölmeden ölümü hissetmek gibi, eninde sonunda bir ışık gelir. Ve sen o ışıkla aydınlığın yolunu bulursun. Unutma! Sadece sen ve senin yıldızların...

Bizim İçin Önemli Olan

Sadece bir not defterine yazmak değil, her gün aklımıza her geldiğinde açıp okumamız gereken önemli değerlerden bahsetmek istiyorum. İnsanız sonuçta, sürekli böyle bir disipline sahip olamayız.

Seminerlerime gelen güzel insanların en sık sorduğu sorular şunlar: Peki nasıl odaklanacağım? Yapıyorum neden olmuyor? Dikkatimi neden veremiyorum? Başardığımı nasıl anlayacağım? Bunları yapmak kolay mı sizce?

Sorular yüzlerce, hatta binlerce ama hepsinin ortak noktası: Neden olmuyor? Zannediyorlar ki ben bunların hepsini dört dörtlük yapabilen mükemmel bir insanım. Hayır! Kesinlikle mükemmel değilim ve biliyorum ki kimse değil. Kimse kendisini başkası ile kıyaslayıp eksik ya da farklı algılamamalı. Burada sadece sonuçlara aşırı odaklanmamayı öneriyorum. Sadece başlamak ve gayret etmek. Yolun kendisinden hoşnut olabilmek. Şimdi birkaç dakika ayırıp bizler için en önemli değerler üzerine biraz düşünelim.

- Aile
- Maneviyat
- Yakın ilişkiler
- İş hayatı
- Boş zaman faaliyetleri
- Sağlık
- Doğa
- Kişisel gelişim
- Toplumsal hayat

Hepsini bir anda düşünüp hepsinde çaba göstermek yerine en önemli değerinizi bulup onun üzerinde çalışmaya başlamanızı öneriyorum, zamanla birindeki gayret diğerine istesek de istemesek de dokunacaktır. İnanın bazen herhangi biri üzerine yoğun düşünmek bile eylemin kendisinden daha değerlidir.

Ruhumuzun bereketlenmesi, herhangi bir değerimiz üzerine odaklandıkça ortaya çıkar. O değerdeki eksikler, ihmal edilmişlikler, neden-sonuçlar belli bir zaman sonra bizi eyleme geçirecektir. Bazen en büyük fırsatlar, ihmal ettiğimiz yerlerdedir. Değerli olanlara odaklanmak, yaşam amacımızı bulmamıza da yardımcı olacaktır.

İnsan yaşam amacını bulamazsa, neden yaşadığını da bulamaz. Bu boşluk sürekli oradan oraya koşturmamıza, kısa hazlarla dolmamıza, kendimizle kalmaktan korkmamıza sebep olabilir.

Yaşamın bir anlamı olmalı ve bu anlam değerlerimizde gizlidir. O gizi bulabilmek değerlerle ilgilenmeyle gerçekleşecektir.

Değerlerinizle buluşabilmeniz için küçük, kısa yollu hedefler belirlemenizi öneriyorum. Eğer ailenizle aranızdaki bağı güçlendirmek, varsa bir problem çözmek istiyorsanız en küçük hareket, eylem ve hedefiniz önce yanlarına gitmek olmalıdır.

Zenginliğin ilk adımı, gereksiz tüketimi azaltmaktır. Toplumsal hayatla ilgili hedeflerimiz için ilk adım iyi komşuluktur. İlk önce en yakınınızdan, en basit yolla yapabileceklerinizden başlayın. Mesela şimdi kitabı bitirir bitirmez ya da ara verecekseniz o arada değerleriniz ile ilgili küçük bir adım atabilirsiniz. Sakın kitabı kapattığınız an aklınızı çelecek düşüncelere izin vermeyin. Bir kere yenmek, ilk adımınız olacaktır. Mesela, belli bir hedefiniz var ve ulaşamadığınız için kendinizi kötü hissediyorsunuz. Hemen şunu sorabiliriz kendimize: Bu hedefin altında yatan değerim ne? Ve bu değer için yapabileceğim en küçük şey ne olabilir? Ve yapın! Aslında bölümün başında sıraladığımız tüm değerlerle ilgili her zaman yapabileceğiniz bir şey vardır. Önemli olan o değerlere ne kadar sadık olduğunuzdur. Değerlerimize sarılmak ve gayretli olmak yaşama sevincimiz için gereklidir. Değerlerin dışındaki eylemlerimiz yaşamda kalmak için gereklidir ama yaşamda mutlu olmak için yeterli değildir.

Zenginlik, yeme içme, şöhret, alışveriş gibi süreçler içlerinde değerler olmadığı sürece sırtımızda yük, bedende kilo, kalabalıkta yalnızlık getirir. Sağlıklı insanlar, tüm eylemlerinde değerlerini yaşayabilen insanlardır. En azından mesela bu kitabı okuyorsunuz. Edindiğiniz bilgilerden hangilerine, hangi değerinize, hangi yolla ulaşabilirsiniz? Düşünelim...

Can Sıkıntısı

Bence can sıkıntısı denilen duygusal ruh hali bu dünyadaki birçok sıkıntıdan daha fazla ve ilgilenilmesi gereken bir alan. Verdiğim bir röportajda, "Can sıkıntısı iş sıkıntısından fazla" dediğimde canı sıkılanlar epey üstüme gelmişti. Aslında derinlemesine düşünüldüğünde bu durum için çoğu insan bir şey yapamıyor ve durumlarına alışık bir şekilde yaşamaya devam ediyorlar. Can sıkıntısının en önemli sebebi, şimdinin amaçsızlığının getirdiği çaresizlik ile dündeki güzel anıları kıyaslamaktır.

Çoğu insan içinse yeteneklerini kullanabilecekleri ortamların olmaması da canı sıkan bir durumdur. Farkındaysanız insanlar güruh halinde heyecan peşinde koşuyorlar. Heyecanın olduğu yerlerde can sıkıntılarımızı unuturuz. Kriz olmasına rağmen alışveriş merkezlerinin dolması, gece kulüplerinin hınca hınç olması, kafelerin dolup taşması, herkesin internetten alışveriş yapması, kumar, aldatma, yenilik arzularının tavan yapması ve bu aşırılıkların sebebi can sıkıntısına kafa tutmaktır.

Can sıkıntısı kader değildir, çaba ile geçer. Can sıkıntısının iki türü vardır; biri insanı verimli yapar, diğeri ise aptallaştırır. Aşırı heyecanlı hayat yorucudur, zamanla çıtayı yükseltmek zorunda kalınır. Gittikçe karşılanamaz hale gelir ve bu da can sıkıntısına sebep olur. Fazla heyecan sadece sağlığı tehlikeye sokmaz, her türlü isteği de körleştirir ki, zamanla mantık yerini zekâya, zeki espriler yerini bel altına, güzel davranışlar yerini kabalığa, imrenme yerini kıskançlığa, iyi konuşmak yerini dedikoduya bırakır, yani her şey zıddına yer verir. Öncelikle can sıkıntısına sabırla karşılık vermek gerekir. Özellikle gençler bunu öğrenmelidir. Her kitabın, her TV programının, her muhabbetin, her durumun sıkıcı bölümleri vardır. Sabır gerekir. Bazı anne babaların en büyük hatası, çocuklarına birbirine benzeyen günlerin önemini öğretmek yerine, sürekli bir aktivite ile günlerini doldurmalarıdır. Çocuklar birbirine benzeyen günlerin içinden kendi ürettikleri eğlence ve heyecanla çıkar. Bu yeteneği köreltmemelerini öneriyorum.

Güzel bir söz vardır: "Bir çocuk, yeri değiştirilmedikçe gelişir." Çok hızlı değişimler, oradan oraya yapılan yolculuklar, her güne bir aktivite yüzünden genç olduklarında tekdüzeliğe dayanamazlar. Her şey olmasa da bazen tekdüzelik inanılmaz iyi şeyler doğurur. Dünya, insan zihnine göre yavaş bir yerdir. Mevsimler, çiçekler, yağmurlar, güneş, toprak sabırla sırasını bekler. Zihnimiz çoğu zaman bu durumun tersini yaşatır bize. Yaşamı dağınık, paramparça olmuş insanlar gözünü ilerideki başarılara dikemez, onlar gözünü hep başucundaki hazlara diker. Can sıkıntısına dayanamayanlar, doğaya adapte olamaz. Öncelikle nasıl canlılar olduğumuzu kabullenmeliyiz. Anne ve babalar çocuklarının canı sıkıldığında onları dertli zanneder ve sürekli organik olmayan hazlar sunar. Kumar bağımlısı insanlara bakın, kumar bitince üzerlerinde hissettikleri yorgunluk, ağırlık hissi daha da aç kalmalarına sebep olur. Aşk diye çırpınan günümüz insanları can sıkıntısından ölmüş, hareketsiz kalmış bedenlerine delice yağmur bekliyorlar. Aşksız cinsellikle dolu her yanımız. Hiç zevk ve mutluluk duymadan her defasında daha da kuraklaşan topraklar.

Bu kadar doğadan uzaklaşmak, yavaşlıktan korkmak, can sıkıntısı, günümüzün en büyük problemidir. Neşeli ve mutlu bir yaşam sakin, dingin bir yaşam ile gerçekleşir. Siz yine eğlencelerinizi küçük ve sık olmayan aralıklarla yaşayın ama sakın bağlanmayın, alışkanlık haline getirmeyin. İyi eğlenceler.

Sinirsel Yorgunluk

Vücut yorgunluğumuz, sinirsel yorgunluktan daha kolay atlatılır. Uyursun, dinlenirsin, sağlıklı beslenirsin geçer, hatta mutlu olursun fakat sinirsel yorgunluk için aynı şeyleri söylememiz mümkün değildir. Birçok ülkede çalışma saatleri esnek hale getirildi. Amaç, bedensel yorgunluğu azaltmak ve kişiye kendi ile kalması, sosyalleşmesi için fırsat vermek. Sinirsel yorgunluktan özellikle şehir insanının kaçması çok zordur. Buradaki etkenler çalışma saatleri, kalabalık sokaklar, caddeler, yani her yer. Peki her gün işe, okula giderken tanımadığımız binlerce göz tarafından taciz edildiğimizin farkında mıyız? Tanımadığımız insanlarla sık sık karşılaşıyoruz. Metrolar, duraklar, caddeler, tüneller, otobüsler ve sokaklarda tanımadığımız insanlarla bir aradayız. İşe yetişme telaşımız bir yana, bir de tanımadığımız binlerce insanla yakın temasta olmak zorundayız. Bu başlı başına sinirsel yorgunluk sebebi. Zihnimiz sürekli karşılaştığımız insanlarla ilgili tehdit mi, değil mi; iyi mi, kötü mü diye gelgitler yaşar. Sık sık beden dilimiz kendini korumaya, hatta bazen saklanma moduna alır.

Eğitim kurumlarında, işyerlerinde çoğu zaman hakkımızı atılma korkumuzdan dolayı arayamayız. Hiç hoşnut olmadığımız insanlara sahte sevgi gösterileri sergileriz. Evet demek zorunda kalırız. İşçi işinden, patron şirketinden olmamak için bir süre maske takar. Çoğu zaman bu samimiyetsizlikle yürür. Al sana sinir kaynağı. Tabii bu durum işyeriyle sınırlı kalmaz, eve giden işçi, yaşadıklarını evde anlatmaya devam eder. Şikâyet sürekli zihnindedir, her yerdedir. Çoğumuz düşündüklerimizi kontrol etmekte yetersiz kalırız. Evde, işyerinde, sokakta, yemekte, yatakta sürekli rahatsız edici düşüncelerin içinde yaşadığımız zamanlar çoktur.

Sağlıklı insan, sorunlarını gerektiği zaman, gerektiği yerde düşünür. Geceleri hiçbir şey düşünmez. Öncelikle neyin önemli, neyin önemsiz olduğunun ayrımına varabilmek gerekir. Bunları en iyi bilen sizsiniz. İnanın, çoğu başarı ve başarısızlıklarımız pek önemli değildir. Her acı hafifler, her başarısızlık başka bir yolun anahtarına dönüşür. Vücut yorgunluğu uyku getirir, duygu yoğunluğu uyku götürür. Çöküntüye girdiğinizi şu belirtiden anlayabilirsiniz; yaptığınız işin dünyanın en önemli şeyi olduğuna inanır, biraz ara vermenin büyük felaketlere yol açacağını sanırsınız. Lütfen dinlenin! Çoğu işkolik, boş kalmak istemez çünkü kendisiyle (sorunlu düşüncelerle) baş başa kalmaktan korkar. İş hayatımızda, sinirsel yorgunluğumuzun sebebi, yaptığımız işler değil, duygusal hassasiyetlerimizdir. Bilinç ve bilinçaltının aynı şeye inanması önemlidir. Kendimize iyi gelen düşünceleri bilincimize yerleştirebiliriz ama bilinçaltımız buna inanmıyorsa saklar, biriktirir ve uykularımızı kaçırır. Bize iyi gelen bir şeyin bilinçten bilinçaltına yerleştirilmesi zaman alır ama olur.

Öncelikle baş edemediğiniz, sizi içten içe rahatsız eden bir şeye odaklanın. Sonra bilincinize, bu endişenin geçici olduğunu, dünyanın sonunu getirmediğini söyleyin. Bu, bilincinize gelir. Ara ara tekrarlayın, her gün bu söylemi haklı çıkaran sebepler bulun.

İbret hikâyeleri, kıyaslar, deneyimler getirin aklınıza. Bir süre yoğunlaşın. Zamanla bilinçaltınız da aynı şeyleri söylemeye başlayacak, yükünüz azalacak. Biz genelde kaçmayı tercih ederiz. Unutmayalım; endişe korkunun bir türüdür ve çok yorar. Hiç olmadık bir zamanda bize saldırıya geçer bu endişeler. Çoğumuz bu endişeler geldiğinde kaçar, yerine başka şeyler koymaya çalışır, eğlenceye, hazza yönelir durur. Gerçek olan ona sağlıklı, tutarlı bir cevap vermek ve günlerce bu cevabı haklı çıkaracak sebepler bulmaktır. Endişe ve korkularla yüzleşmek bu şekilde olur.

Korkularımız gücümüzü sınayan, cevap bekleyen sorularımızdır. Aslında anlattığım gibi cevap vermeye başladığımızda korkuların gücü azalmaz, sadece bizim için ilgi çekici olmazlar. Ne zaman bir şeyin hakkında düşünmeye başlarsanız, en iyi yöntem çekiciliği gidene kadar düşünmektir. Cesaretimizi artırdıkça durumumuz düzelecektir. Sinirsel yorgunluklarımıza en iyi gelen zemin doğadır, açık havadır. Çünkü doğayla ve temiz havayla kavga edemeyiz.

Hadi lütfen biraz toprağa basın, ağaçlara sarılın, çiçekleri izleyin. İyi dinlenmeler.

Sevgi ve Güven

Üzüntülerimizin asıl sebeplerinden belki de en önemli olanı sevilmediğimiz duygusuna kapılmamızdır. İnsan sevildiğine inandıkça neşesi yerine gelir.

İnsanın sevilmediğine inanmasının birçok nedeni olabilir fakat çocukluk dönemleri gerçekten çok etkilidir. Çocuklukta yaşanılan güven kaybıyla alakası olabilir. Bazı insanların aşırı iyilik yapmalarının altında sevilme ihtiyacı yatar. Çok fazla çaba sarf eder, sık sık problemler yaşarlar çünkü iyilik yapılan insanlar bunu kolayca anlar. İnsanın doğası sevilmeyi az isteyenlere sevgi göstermeye uygundur. Genelde sevilmek için iyilik yapanlar, iyilik yaptıkları tarafından hayal kırıklığına uğratılırlar. Tam tersi, kırıp döken, zarar veren insanların da en temelde sevilmeye ihtiyaçları vardır. İnsanda sevilme hissi azaldıkça öfke meydana gelir.

Kendine güvensizliğin temelinde de sevilmediği inancı yatar. Bu tip insanlar içe kapalı olur. İçe kapalı oldukları için de alışkanlıklarına bağımlılık gösterirler. Her gün aynı işleri yapıp aynı davranışları göstererek bağımlılıklarını pekiştirirler. Eğer alışık oldukları şeylerin dışına çıkıp farklı şeyler yaparlarsa özgüvensizlikleri ortaya çıkar, farklı deneyimlerde sevilmediklerini hissetmekten korkarlar. Kendine güvenenler, güvenmeyenlerden daha mutludur.

Neşenin kaynaklarından biri sevgi, diğeri güvendir. Güven duygusu sevmekle değil, sevilmekle gelir. Sevginin en güzeli her iki tarafa da hayat verendir. Her iki taraf da kendilerini zorlamadan sever. Dikkat edilmesi gereken nokta sömürücü sevgidir. Bazı kişiler karşısındakini sömürerek sever. Hep benmerkezcidir, karşısındakini bir basamak olarak görür, onunla yaşadıklarını, çıkarlarını sevdiği için sevilen kişi bu ayrımı pek yapamaz. Zamanla, sömürülerek sevilen kişi durgunlaşmaya başlar. Bu yüzden birçok insan sevme konusunda daha tedbirli olmaya başladı.

İlişkileri yavaştan alıp endişelerini ön plana çıkarırlar. İlişki bir süre cansız ve katılımsız devam eder. Sevilmek ve sevebilmek kendimizle ilgili bir durumdur. İnsan sevildiğine inandıkça sevebilir. Eğer derin anlamda, geçmişten gelen travmatik süreçler devam ediyorsa kişi kesinlikle psikolojik destek almalıdır. Bu, para kazanmak, kariyer yapmak gibi şeylerle düzelecek bir durum değildir.

Ülkemde en çok üzüldüğüm şeylerden biri de birçok insanın dilinde, "Artık güvenilecek insan yok. Kimseyi sevemiyorum" gibi söylemlerin artmasıdır. Olumsuz deneyimleri genellemek bize iyi gelen bir durum değildir.

Tekrar ediyorum, neşe ve yaşam sevinci, sevgi ve güvenle gelir.

Neşeli İnsan

Neşe kısmen dış dünyaya, kısmen de insanın kendisine bağlıdır. Unutmayalım; neşesiz, mutsuz insan böyle yaşamayı inanç edinmiştir. Bir yere kadar, bir şekilde mutsuzluk geçmişte kültüre bağlı olabilir ama yaşam sürecinde mutluluk ve mutsuzluk seçime ve seçtiğine inanmaya dönüşür.

Çoğumuz mutlu ve neşeli olmak için yeme içme, ev, araba, iş, para, çevre gibi şeylerden vazgeçemez. İstedikleri olduğunda bile hâlâ mutsuz insanlar vardır. Kendimize yönelmiş arzularımızdan kaçınmaktan ve kendimizi dinlemekten bizi kurtaracak sevgiler ve ilgiler edinmeliyiz. İnsanların çoğu kendilerini içlerine gömen oksijensiz odalara hapseder. Korku, kıskançlık, kendine acıma ve kendine aşırı hayranlık gibi duygular, insanı bu odalara sokanlardır. Çünkü arzularının merkezi artık kendileri olmuştur.

Dış dünyaya ilgileri azalır, ilgi yoğun bir şekilde kendine dönüktür. Gerçekleri kabullenmezler, sebebi korkularıdır. İstediğimiz kadar kaçalım, gerçekler önümüze düşer ve bu düşüşler acı çekmek şeklinde olur. Gerçekler acıların arkasına gizlenir. Hayatta hiçbir şeyi sadece o olacak şekilde çok sevmemeniz gerekiyor çünkü zamanla o şey ya da insan can sıkıcı olmaya başlayacak. Neşeli insan dışa dönüktür, ilgisi ve sevgisi birden fazla şeye yöneliktir. Peki ne yapmalı? Mutluluğun nedenleri üzerine düşünmeyi sürdürürse içe kapanıklık devam eder. Bu döngüden çıkmak istiyorsa dış dünyadan, gerçek ilgi alanları bulmalıdır. İçinde bulunduğu zor ortamların yüzde 100 kötü olmadığını görebilir hale gelebilmelidir. Zorlansa da cesaretini artıracak alıştırmalar yapmalıdır. Öncelikle her hafta acı bir gerçeği kabullenmeyi denemeliyiz. Bu, kendimize iyiliktir. Her mutsuzluğun nedeni şu ya da bu şekilde birinden ya da bir şeyden ayrılmış olmaya bağlıdır. Bilinç ile bilinçaltı durumumuz aynı olmadığı için benlik yara alır.

Mutlu insan kendisini ölümle tedirgin etmek yerine yaşamla neşelendirir. Evet, zor gözüküyor ama kimse kolay demedi.

Sağlıklı Alışkanlıklar Edinelim

Profesör Hans Eysenck sağlıklı bir ruh halinde olabilmek için sağlıklı alışkanlıklar edinmemiz gerektiğini soyler. 10 yıla yakın süren çalışmalarının sonunda, bunları basitçe ifade edebilmek adına yayınlarında sadeleştirmiştir.

Kurtulması en zor şey alışkanlıklarımızdır ama hayata karşı tutumumuzun olumlu olabilmesi yenilenen alışkanlıklarımızla olur. Basit bir dille yazmam gerekirse:

Basitleştirin: Öncelikle tüketimlerimizi gözden geçirmeliyiz. Aşırı tüketimin sonucunda aşırı ihtiyaçlarımızın olduğuna inanırız. Bunlar illüzyondur. Mutlu ve olumlu olmak istiyorsak ihtiyaçlarımızı basite indirgememiz gerekir. Hayatımızdan hangi gereksiz ihtiyaçları çıkarmamız gerektiği konusunda düşünelim. Almak, yapmak zorunda hissettiğimiz çoğu şey zaman kaybı ve yüktür.

İlişkiler kurun: Sosyal çevre çok önemli. İnsan sadece maddi yardıma ihtiyaç duymaz. İlişkilerimizi sürdürebileceğimiz sosyal bir çevre yaratmalıyız. Bunun için çaba gereklidir. Kendimiz gibi olanlardan ziyade bizden farklı bakışları olan sosyal çevreler olumlu düşünebilmek açısından önemlidir.

Yaratıcılığınızı geliştirin: Tüketim azalınca üretim artar. Birçok şeyi kendimiz yapabiliriz. Evde yemek, eşya tamirleri, elbise sökükleri, organizasyonlar, daha neler neler... İnsan üretirken yeni bilgi ve yöntemlere ihtiyaç duyar. Bu bizi araştırmaya, meraka sevk eder, zamanla daha heyecanlı ve istekli oluruz.

Entelektüel merak: Yeni deneyim ve bilgiler ömür uzatır. Daha dışa dönük olur ve yeni bilgilerle çözümleme yapmaya başlarsınız. Birçok insan az bilgiyle uzun bir ömrü yaşamak ister. Ömürlerimizin büyük bir dilimi mutsuz, depresif geçer. Az bilgi ile mutlu olamayız.

Hayata ve kendimize karşı tutumlarımız, yaşam enerjimizi belirler. Kendine dikkat kesilmek önemlidir. Dışarıdan şöyle bir bakarsak, nasıl bir insanız acaba? Hayata karşı nasıl bir tutumumuz var?

Tutum, güçtür. Yaşamla mücadelemizi belirler. Olan olayları nasıl karşıladığımızı belirler. Onlara ne anlamlar verdiğimizi belli eder. Reddetmek, kabul etmek, şikâyet etmek, suçlamak vb. Sağlıklı bir tutumla daha mutlu olmaya doğru gidebiliriz. Durum ne kadar kötü ya da zor olursa olsun yaşama gücümüz tutumlarımızdadır. İnsan, sorunların büyüklüğünden değil, onları çözemediği için yorulur. Bazen umut azalır, heyecan biter. Böyle zamanlarda, yükler ağırlaşır, dertler büyür gibi olur. Er ya da geç kabul etmek tek yolumuzdur. Böyle zamanlarda mekân değiştirmek, dışa açılmak zor da olsa konfor alanlarımızı terk etmek iyi gelir. Evet, bedeli ağır gelen şeyler olacaktır. Sınanmak, yaşadığımızın ispatıdır. Değişim ve dönüşüm için tutumlarımız kıymetlidir.

FARKINDALIK

Saklı Olmayana Farkındalık

Genelde farkındalık ile bilmek kavramlarını eş anlamlı kullanırız. Kendimizde olanı bilmek, yani bilinçli olmaktan bahsederiz. Beden ve zihin farkındalığı diye ayırabiliriz. Bedensel farkındalığa örnek, bilincinde olarak alıp verdiğimiz nefes olabilir.

Rahatsız edici gelebilir ama yatak döşek hasta olduğumuz anlarda, zihinsel tüm prangalardan özgürleşir, zoraki aldığımız nefesin kendisine maksimum odaklanırız. Alıp vermeye çalıştığımız nefesin sesini hatırladınız mı? Belki filmlerde ya da tanık olduğumuz gerçek bir deneyimde can çekişen insanları görmüşüzdür, nefes alışverişlerini gözünüzün önüne getirin. Sadece nefes... Yaşarken ihmal ettiğimiz en değerli şey.

Şimdiki yüzyılda birçok öğretide nefes alıp vermenin önemine vurgu yapılıyor. Bunun için uzman olmaya gerek yok. Her insan, birkaç dakikasını ayırıp yavaşça nefes alıp verme egzersizi yapabilir. Buradaki amaç beden farkındalığıdır. Bazen hastalık ve sakatlanmalar beden farkındalığımıza bir davettir.

İstenmeyen bu durumlarda eğer sonunda ölüm yoksa yaşam apaçık kendimize gelmemiz ve beden değerimiz için bir davette bulunur. Ne yazık ki şükretmemiz gereken şeyleri sıklıkla böyle üzücü zamanlarda fark ederiz. Hayatımızdaki insanlar gibi ya kaybettikten ya da kaybetme ihtimalini hissettikten sonra fark ederiz. Duygularımız da aynı şekildedir. Sevgi, üzüntü, korku, kaygı, nefret hislerimin farkındaysam, demek ki duygularımı bastırmamışım. Genelde biriktirdiğimiz problem, duygularımızı bastırmaktır. Öfke duyduğumuz akrabalar, kızgın olduğumuz ebeveynler, nefret ettiğimiz eşler vb duygular yol bulmaz ise zamanla bize saldırırlar.

Size bir öneri, insanlar hakkında ne hissediyorsanız bunu onlara ulaştırın. Bu, olumlu duygular için de geçerlidir. Her duygu yol bulmalı, bir yerlerde saklıyor olmanızın birçok nedeni olabilir; karşımızdakini üzmemek, çıkarımızın olması, korku, kendimize yakıştıramamak, kaybetme korkusu vb.

Bu bölümdeki saklı olmayan farkındalıklara ulaşmak kolaydır, herkes eninde sonunda başarır. Fakat saklı olana, yani bilinçdışındakine farkındalık en zorudur.

Saklı Olana Farkındalık

Bu durum istikrarla devam eden çaba gerektirir. Geçmişten beri bastırarak geriye attığımız şeylerle yüzleşmek zor ve acılıdır. Açık bir zihin ile yaşamak istiyorsak, saklı olana farkındalık gereklidir. İnsanın kendi içini görebilmesi, olgunluk göstergesidir, hatta erdemdir diyebiliriz. Dışına sürekli "Ben şöyleyim, ben böyleyim" gibi mesajlar verenler aslında saklı olan tersi durumları gizlemek isterler.

Birçok ruhsal problemin bu farkındalık ile çözülebileceğine inanılır. Haksız da sayılmazlar. Düşünsenize, nedenini bilmediğimiz ruhsal problemlerle neden yıllarca yaşamalıyız? Panik ataklarımızın, anksiyetelerimizin, mazoşist ya da sadist yanlarımızın, kişilik bozukluklarımızın, cinsel problemlerimizin ve başka birçok sorunumuzun nedeni saklanmış deneyimlerde. Peki bu özgürleşmeye kim cesaret edecek? İçimizdeki kara bulutların gitmesi, gözümüzdeki perdenin kalkması, tembelliğin azalması, enerjimizin yükselmesi tamamen bu farkındalığa bağlıdır. Herkes gibi olmaktan vazgeçmeliyiz. Yaradan kimsenin mutsuz olmasını istemez. Bu yüzden kutsal kitaplarda akıl ve düşünceden detaylı şekilde bahsedilmiştir. Eleştirel bir zihin, geçmişle yüzleşen ve kabullenen halimiz, sorgulama becerisi gelişmiş ruhlar gerçekten yaşayan insanlara aittir. Bu farkındalığın yaş ve eğitimle alakası yoktur. Konu tamamen kişilik meselesidir.

Yüzyıllar öncesinde insanlar taşa, güneşe, ateşe, elleriyle yaptıklarına, yani puta taparken tum duyguları, iç dünyalarında olanı putlara yansıtıp tapınırlarmış. Cezalandırılmak ve ödüllendirilmek üzerine kurulmuş zihinsel bir süreç gibi düşünebiliriz. Akıl, düşünce ve zekânın pek farkında olunmadığı, gelişimin zihinsel olmadığı dönemlerde maddeye, somuta tapınmanın nedenidir bu durumlar. Zamanın ilerlemesi, zihinsel gelişim, teknoloji, modernizm, akıl, düşünce, yüksek zihin dönemlerinde durum değişti. Somuttan soyuta geçiş oldu. Fakat binlerce insan putları zihinsel olarak içlerine hapsetti. Ve iç dünyalarında gizli seslere izin verdiler. Bu soyut ve yıkıcı putlara inandılar, alıştılar ve tapıyorlar. Oysa Allah, özgürleşmemizi, aklımızı kullanmamızı, gerçeği bulmamızı, ayaklarımızın yerden kesilmesini, içini öğrenmemizi, iyi olmamızı, adaletli olmamızı, yani güzel ve faydalı olanı bulmamızı istiyor. Bu yüzden her insan tek başına tekâmül eder, olgunlaşır. Peki nasıl olacak bu deneyim? Öncelikle bu hapishaneden kurtulabilmek için bunun varlığını kabul etmek gerekir. Bu kabul samimi olduğunda hayatın her alanında küçük işaretler gelmeye başlar. Tapındığımız, bağımlı olduğumuz, inandığımız, alışık olduğumuz her şeyi bir süre sorgulamaya başlarız. Ve zamanla, bu halimizin devam ettikçe ızdırap vereceğini hissederiz. İleriki boyut her şeyi eleştirme aşamasıdır. Daha açık bir zihinle okuduğumuz, gördüğümüz, izlediğimiz, duyduğumuz şeylere hemen inanmamaya başlarız. Bu durum bizi bir süreliğine yalnızlaştırır. Çünkü sesimiz azalır, içimizden konuşmaya başlarız. Bunu devam ettirebilmek için insanlardan uzaklaşırız. Bu da gelgitlere neden olur ama değerlidir. Önceki ben ile şimdiki ben arasında sıkıştığımız dönemdir. Şüphe her zaman kıymetlidir. Tabii ki tüm bu süreç akılla, bilinçle çerçevelendirilmelidir. Artık insanlardan ziyade söyledikleri önemli olur.

Zaman alan bu farkındalık süreci için kişinin güçlü bir karaktere sahip olması, istekli olması, bazı şeylerden vazgeçebilecek motivasyonunun olması şarttır.

Ancak bu güce sahip değilseniz, bu deneyimi bir terapist ile gerçekleştirmenizi öneririm. Genelde başımıza gelen olumsuz olaylar kendimize gelmemiz ve saklı olan şeylere farkındalık geliştirmemiz için ciddi fırsatlardır.

Eminim ki bu sürece başladıktan sonra birçok kitap, birçok rüya, tanımadığımız birçok insan, birçok mekân, sınırsız miktarda çay, kahve, gözyaşları, şaşkınlık, kediler, çiçekler, bazı filmler, hisler, yani her şey bize eşlik edecektir.

Peki, sen bu yolculuğa çıkmaya ne kadar ve ne zaman hazır olacaksın?

AYNEN:
FAYDASIZ KONUŞMA

Faydasız konuşma, olaylara sadece yüzeysel bakıp derinlemesine inmemek ve işin gerçek yanı ile ilgilenmemektir.

Bu şekilde düşünen ve konuşan kişiler gerçekle gerçek olmayanı ayırt edemez ve sürekli bu iki kavramı birbirine karıştırır. Ne yazık ki insanların çoğunluğu sık ve çok konuşulan şeyleri gerçek zannetmeye, zamanla kutsal saymaya meyillidir.

Geçtiğimiz son iki yılı ele alalım. Ülkece yaşanılan ekonomik, siyasal, sosyal ve psikolojik olayları hatırlayalım. Binlerce konuşma yapıldı ekranlarda, radyolarda, sosyal medyada.

Tartışılan konuların kaçında konunun özüne inildi?

Artık ülkece konuşacak bir konu bulabilmek için daha çok savaşa, suça, skandala, magazine ve hastalıklara ihtiyaç duyuyoruz.

Farkındaysanız, insanlar maddeye bağlandıkça, dertlendikleri ve abarttıkları sorunlar devede kulak olmaya başlıyor.

Ama son zamanlarda ülkemizdeki insanların çoğunda gözlemlediğim en faydasız konuşmayı anlatayım size...

Sürekli kendilerinden bahsetmeleri; aşkları, dertleri, aileleri, hastalıkları, eşyaları, çantaları, başarıları, geçmişleri, hayalleri üzerine dünyanın en önemli konusuymuş gibi sohbet etmeleri. Bu durumu en çok ve en samimiyetsiz şekilde bazı dernek ya da grupların özel davet ve organizasyonlarında görürsünüz. Sosyal buluşmalar adı altında herhangi bir proje için bir araya gelip kokteyl adını verdikleri alanda birbirleri ile kendilerini konuşurlar. Herkes sırasıyla kendini anlatır. Üzücü olan buna sık sık ihtiyaç duymalarıdır. Tabii aralarında sürekli kendisinin dinlenilmesini isteyenler fazladır. Onlar bazen de yanlarına daha düşük seviyeden arkadaş bulur, sürekli kendilerini dinletirler.

Fakat bu durum sadece belli bir sosyokültürel gruba ait değil. Artık her yerde, her mahallede, her ortamda böyle olmaya başladı insanlar. İlginç olan, her yer kalabalık düğün dernek, davet, konser, organizasyon olmasına ve insanlar sürekli buluşma halinde bulunmasına rağmen daha da yalnız.

Kendisiyle o kadar ilişki içinde ki, artık dışındaki her şeye çok yabancı. Hem yakınlık kurmaktan korkuyor hem de yalnız kalmaktan endişe ediyor. Eğer ailen, arkadaşların, dostların olduğu halde kendini hâlâ yalnız hissediyorsan bir sorun var demektir. Daha nereye kadar kendi kendine konuşacaksın?

Ve yanında kimler olursa olsun, sen konuşurken karşındakiler sürekli, "Aynen" diyorsa bil ki orada diyalog değil monolog vardır. Geçiştirme amaçlı olan ve dinliyor görüntüsü vermek için sık kullanılan "aynen" kelimesi son zamanlarda popüler oldu. Şimdi okurken bile, "Aynen valla" demekten kendinizi alamayabilirsiniz. Belki de insanların birbirlerine yaptığı en büyük görünmez kötülük bu samimiyetsizliktir. Daha ilk karşılaşmada bile karşıdakinin niyetinin ne olduğunu anlayıp tavır alabiliyorken neden hâlâ faydasız ilişkileri devam ettiriyoruz?

O kadar mı yalnızız?

O kadar mı çok ihtiyacımız var?

Kaç kişinin yanında zaman geçirdikten sonra kendinizi yorgun, mutsuz ve keyifsiz hissediyorsunuz?

Kendinizi olduğunuz gibi ortaya koyamıyor, karşınızdakinden emin olamıyor, ancak ortamdan ayrıldıktan sonra kendinizi iyi hissediyorsanız, kesinlikle o arkadaşlıktan ya da ilişkiden uzak durmalısınız.

Ya da en azından kandırılmanıza izin vermeyin. Birçok maskenin arkasında narsisizm, kötülük, yıkıcılık, bencillik vardır.

Yani böyle şeyleri hissediyorsanız onun yüzüne vurmak zorunda değilsiniz ama uzaklaşma hakkınızı kullanmanızı öneririm. Eğer karşınızdakiler sürekli beklenti içindeyse, kendi istedikleri gibi olmanızı istiyorlarsa, sizi sömürüyorlarsa yalnız kalmanız sizin için en büyük faydadır. Gerekmediği sürece hiç kimseye hiçbir konuda açıklama yapmak zorunda değiliz. Açıklama yapmak genellikle karşı tarafı tatmin etmek için kendinizden sürekli taviz vermektir. Ne kadar açıklarsanız açıklayın sizi, niyetinizle anlayacak olan birkaç kişidir.

Yaşamınız boyunca hep birkaç kişi sizden açıklama beklemeyecektir. Çünkü onlar neyi, neden yaptığınızı bilirler.

Etrafınızda onlarca kişi sürekli size "Aynen" diyeceğine, birkaç kişiyle sessiz sessiz sohbet etmek daha faydalıdır. İnsanın kendisini terbiyesi söyleyeceği şeyleri düşünerek başlar. Bu kuracağım cümlelerin bana ve karşımdakine faydası ne?

Neden bunu söyleme ihtiyacı duyuyorum? Bazı insanların konuşmaması anlatacak şeylerinin yokluğundan değil, anlayacak kişilerin azlığındandır.

Canlı mısın?

Ne olursa olsun, gerçekten bilinçli kişi yaşadığı o ana canlılık katar. Her gün sürekli yaptığınız şeylere bir bakın bakalım, gerçekten orada mısınız? Ve ne kadar canlısınız? Ruh halimizin berrak, canlı, parlak olması hayatı yaşamaya değer kılan anlara işaret eder.

Ne yazık ki, modern insan kahve, sigara, uyuşturucu ya da bakarken şoke edecek eşyalara, pahalı metalara, sıra dışı şeylere ihtiyaç duymaktadır. Kendisini canlandıran her türlü uyarana bağımlılık geliştirmektedir.

Bugün bir psikiyatriste, "Yaşamımdan tat almıyorum, hiçbir şey ilgimi çekmiyor" diye gittiğinizde size uyarıcı ilaçlar yazacaktır. Artık ciddi bir cansızlık yaşıyoruz.

İlginç, sıra dışı ve farklı şeyler dikkatimizi aşırı çekiyor. Örneğin; sosyal medya ve ekranda sıra dışı tipleri, durumları sevsek de sevmesek de sürekli takip ediyoruz.

O an bakıp izlemenin canlılığından haz alıyoruz. Çoğu

değer yargılarımıza, zevklerimize, inançlarımıza uygun olmasa da bizim için önemli değil. Çünkü şaşırtıyor ve farklı.

Dış dünyadan tat almayan insanların değişik trans halleri adı altında yüzlerce teknik çıktı. Farklı uyarıcı ilaçlar var. Bu yolla bilinç sınırlarını zorlamak, farklı boyutlara ulaşmak isteyen insanların atladığı bir şey var. Bilinci genişletip sonra tekrar eski hallerine dönüyorlar. Bu durum gelgitler yüzünden zamanla ciddi depresyonlara sebep oluyor. Kişi kendini hiçbir yere ait hissedemiyor. Garip bir şekilde şehir insanı uyanıkken sürekli düşe dalıyor. Sağlıklı yapılan, faydalı hayal kurmadan bahsetmiyorum. Bazıları canlı olması gereken anlarda aşırı dalmalar yüzünden uyanık halinde tembelleşmeye başlıyor. Mücadeleyi bırakıyor, anı kaçırıyor. Deneyimlemesi gerekenler, sorumluluklar, çözüm yöntemleri ertelendiği için kendi uykularına bu durumu taşıyor. Uykuda gördüğü rüyalar için de sürekli mücadele veriyor. Derin ve sağlıklı uyuyamıyor. Uykuda birçok insan dinlendiğini zanneder. Gerçek şudur, uyanıkken çözemediğimiz her şey, kaygı ve korku olarak bilinçdışına atılıyor. Uyku esnasında zorunluluklardan kurtulan insan, kendi içine yönelip rüyada gelen korkularla konuşmaya, sembolik karşılıklar vermeye başlıyor. Bazılarımız ben rüya görmüyorum diyebilir. Hepimiz görüyoruz, hatırlamamak, görmediğimiz anlamına gelmez.

Bazen sebepsizce yorgun, mutsuz, agresif uyanmalarımızın sebebi bu! Şöyle bir dünlerinize bakın, ne zamandır kendinizi yorgun hissediyorsunuz? Belki çok çalışmanızdan ruhsal bir yorgunluğunuz var. Yaptığınız işte, gün içinde isteksiz, motivasyonsuz iseniz, eğitim hayatınızda sıkılıyorsanız, aile içinde ya da ilişkilerinizde sürekli bir tatsızlık söz konusu ise siz canlı bir bilince o an için sahip değilsiniz. Ve genelde sizi eve sokmayacak aktiviteler arar, sosyal medyada anlamsızca video izler, sık cinsel davranışlar gösterir, uyuşturucu, kumar bağımlılığı artar. Her insanın bu duruma reaksiyonu farklı olur. Herkesi canlandıran şey farklı olabilir. Şöyle bir örnek vereyim: Eşiyle cinsel ilişkisinden heyecan duymamaya başlayan birinin yeni bir canlılık araması. Hasta ruhların sapkın davranışlarının artması. Sırf canlılık verecek diye uyuşturucunun her türünün denenmesi. Mesela bonzai denilen uyuşturucu madde ilk zamanlarda ekranlarda sıkça haber oldu. Bu maddeyi kullananların içler acısı hallerini defalarca izledik, izliyoruz. Kişiyi soktuğu ölüme götüren trans hallerini gözünüzün önüne getirin. İlginçtir, izledikçe kullanımı artıyor. O canlılık, trans halini merak edenler için vereceği karar pek önemli değil. İnsanların kısa bir haz için ödediği bedellere bakın.

Bu canlılığı tetikleyen farklı durumlar da vardır. Mesela toplumda çok tanık olduğumuz durumlara bakalım. Tehlike, rekabet, hırs, yıkım ve tutku gibi.

Bilinmek, izlenmek, fark edilmek için kendinden geçmeler, gururu ve onuru ayaklar altına almak... Bir kediye işkence yaparken video çekmek, çırılçıplak soyunup video çekmek, birbirine şiddet uygularken video çekmek, ölen akraba yanında selfie çekimleri, insanları küçük düşürecek, utandıracak ve haberleri olmadan çekilmiş görüntüleri paylaşmak ve daha fazlası... Hepsi farklı sebeplerden canlı kalma arzusu... İş hayatındaki yıkıcı rekabet, futbol ve magazin programlarındaki alakasız davranışlar, gündüz kuşaklarındaki özel hayat ihlalleri, haberlerde siyasilerin yüksek perdeden söylemleri gibi gibi... Uzar gider.

Bir ilişkide, bu aile ve iş ilişkisi ya da özel ilişki olabilir, sürekli ya da ara ara karşılaştığımız insanlara bir dikkat edelim.

İlişkilerde karşımızdakinin kimliği, sıfatı, bizimle ilişkisi, karşılıklı çıkarlarımız, deneyimler ve geçmiş önemlidir. Zamanla onlara bakarken canlılığımızı kaybederiz. O kişi artık zihnimizdeki imajıyla aynı kalır. Aslında o aynılık canlılığımızı azaltır. Birden fazla anlam ve gerçeklik kazandırmışızdır. Ama aradan geçen zamanda bazılarına bakışımız değişir. Beklentiler biter, sıfatlar değişir, artık o kişi sadece insan olmaya başlar. Ve insan oldukça zihnimiz canlanır. Bu beklentisizlik o kişiye karşı başka bir ben oluşturur. Hani insan olarak görmek var ya, işte öylesi...

İnsan, insanda canlanır. Biz önce, insanlara isim takarız. O isimden sonra bir bağ kurmak için kültürel bir ad veririz. Bu bağla karşılıklı bir ilişki başlar. İlişki ile deneyimler ve olaylar gerçekleşir. Duygular ortaya çıkar. Karşılıklı beklentiler oluşur. Olumlu ya da olumsuz, iyi ya da kötü çıkarımlar yaparız.

İlk zamanlar karşımızdakinin kim olduğu beden dili, yüzü, mimikleri, kıyafetleri, hatta evi, eşyaları ile anlamlı iken zamanla her şey silinir, tüm intibalar anlamını yitirir. O sadece insan olarak karşımızdadır ve bu durum bizde bir canlanmaya sebep olur. Hani yıllar geçtikçe o kişilere daha başka baktığınız zaman gelir ya, ister affediş ister kabulleniş deyin, bu onlarla alakalı bir durum değildir. Bu tamamen sizinle ilgilidir. Çocukluğunuzda maksimum ölçüde canlı olmanız bu sebeptendir. Tüm imajlar oluşmadığı için canlı ve cansız ne görürse görsün, çocuklar maksimum bilinçle hayata bakar. Zamanla iyi ve kötü, doğru ve yanlış, sıcak ve soğuk gibi kavramlar insanların üzerine yüklendikçe çocuk canlılığını yitirir ve herkes "alışkan zihnine" geçer. Hani çocukken neyin iyi ya da neyin kötü olduğunu bilmezsin ya, ölümü bilinçsizce kabullenip, olduğu için yaşamı en canlı haliyle deneyimlersin ya, işte tam bu hali anlatıyorum. Yetişkinlik yaşamımızda zamanla her şey bu boyuta gelebildiğinde kişi mutlu olmaya başlar. Yani önce acılar, deneyimler, kavgalar, hazlar ve bunların getirdiği beklentiler şart. Zamanla çevremizdekileri sadece insan olarak görmeye başladığımızda iyileşeceğiz. Bizim ülkede klişe bir cümle vardır: "Herkesi insan gibi görürüm, benim kalbim temiz görürüm." Zaten bunu dile getiriyorsa henüz öyle olmadığı için bu şekilde dışavurum gerçekleştiriyordur. İnsan gibi gören, gördüğünü ve kendi gören zihnini başkalarına anlatma ihtiyacı duymaz. Şimdi birçoğumuz, "Peki bu canlılığa nasıl ulaşırım?" diye soruyordur.

Öncelikle şunu söylemem gerekiyor; adım adım bölümleri okumaya devam ederseniz, aralarına sıkıştırdığım teknikleri ayrıca bir not defterinde toplamanızı öneririm. Bir de şunu eklemem lazım: Acele etmeyin, hemen olsun istemeyin.

Bir şeylerden kurtulmaya çalışır gibi kaçanlardan değil, bir şeye kavuşmak için sabredenlerden olmanız gerekiyor. Okudukça içinizde bir şeylerin değişime girdiğini göreceksiniz. İlk etapta, hayatınızdan çıkarmanız ya da mesafe koymanız gereken insan ve eşyaların listesini yapmanızı öneriyorum. Canlılığınızı alan şeylere odaklanın.

İnsan Sahip Olmak İster

Bu bölümde tamamen Erich Fromm'un görüşlerine yer vereceğim ve olduğu gibi aktaracağım. Lütfen her bir satırında durup düşünerek devam edelim.

Zihinsel ve duygusal bir olgu olarak sahip olma bahsine giriyoruz. "İşlevsel mülkiyetten" söz ederken öncelikle şu hususu apaçık belirtelim. Ben makul ölçüde kullanabileceğimden daha fazlasına sahip olamam. Bu sahip olma ve kullanma, çeşitli neticelere yol açar:

Benim etkinliğim sürekli teşvik edilir, çünkü sadece kullanacaklarıma sahip olarak ben daima aktif olmaya teşvik edilirim.

Mülkiyet açgözlülüğüne pek yakalanmam, çünkü ben sadece verimli üretme kapasitemin elverdiği miktarda şeylere sahip olmayı isteyebilirim.

Kıskançlığa pek kapılmam, çünkü ben sahip olduğum şeyi kullanmakla meşgulken, başkasının elindeki şeyi kıskanmam abes kaçar.

Sahip olduklarımı kaybetme kaygısı gütmem, çünkü işlevsel mülkiyet kolaylıkla ikame edilebilir.

Kurumsal mülkiyet tamamen farklı bir deneyimdir. O, işlevsel "sahip olma" ve "olma"dan farklıdır; kişinin kendini ve dünyayı deneyimleyişinin diğer bir temel biçimidir. Bu iki deneyim türüne hemen hemen herkeste rastlanır. Hiç sahiplenme deneyimi olmayan kişilere ender rastlarız ama bildikleri tek deneyim sahiplenmek olan kişiler çok daha kalabalıktır.

Çoğu kimse "sahip olma" ve "olma" dediğimiz iki tür deneyimi kendi karakter yapısında özgül bir biçimde harmanlar. Ne var ki sahip olma kavramı ne kadar basit görünse de sahip olma deneyimini tarif etmek zordur, çünkü böyle bir tarif, ancak okurun sadece zihnen devreye sokmasıyla değil sahip olmayla ilgili duygusal deneyimini harekete geçirmeye çalışmasıyla yapılabilir. İşlevsel olmayan nitelikte sahip olmayı anlamaya belki de en faydalı yaklaşımı, Freud'un en önemli görüşlerinden birini hatırlayarak geliştirebiliriz. Freud bebeğin salt edilgen alıcılık evresinden geçtikten sonra saldırgan sömürücü bir alıcılık evresine girdiğini, daha sonra da olgunluk evresine ulaşmadan önce, kişinin gelişiminden çoğu zaman baskın kalan ve ana karakterin gelişimiyle sonuçlanan, kendisinin anal erotik evre olarak adlandırdığı evreye ulaştığını bulgulamıştı. Bu bağlamda Freud'un, libido gelişiminin özel bir evresinin önce geldiğine ve karakter oluşumunun ondan sonra gerçekleştiğine inanması o kadar önemli değildir. Bu noktada, benim görüşüm, Freud'a yakın duran Erik Erikson gibi isimlerin görüşüyle aynı olup, söz konusu ilişkinin zikrettiğimizin tersi sırada olduğu yönündedir. Burada önemli olan, baskın haldeki sahiplenme yönelimini, Freud'un tam olgunluğa ulaşmadan önceki evre olarak görmesi ve kalıcı olması halinde patolojik olduğunu düşünmesidir. Başka bir deyişle Freud'a göre münhasıran sahip olma ve mülkiyetle ilgilenen kişi zihinsel olarak hasta olan nevrotik biridir. Bu görüş açısı özel mülkiyete dayanan ve üyelerinin kendilerini ve dünyayla ilişkilerini ağırlıklı olarak sahiplenme açısından deneyimlediği bir toplumda bomba etkisi yapmış olabilir. Ne var ki benim bildiğim kadarıyla hiç kimse burjuva toplumunun yüksek değerlerine karşı bu saldırıyı protesto etmezken, Freud'un cinsel ilişkiyi şeytanilikten kurtarmaya yönelik mütevazı çabaları, bütün "ahlak" bekçileri tarafından yuhalamayla karşılanmıştır. Bu çelişkiyi açıklamak kolay değildir. Peki bunun sebebi bireysel psikolojiyle sosyal psikolojiyi bağdaştıran kişilere çok rastlanması mıdır? Mülkiyetin yüksek ahlaki değeri hiç kimsenin karşı çıkamayacağı şekilde kabul görmesinden mi kaynaklanmaktadır? Yoksa Freud'un orta sınıf cinsel ahlakına saldırısı, kişinin kendi riyakârlığına karşı bir saldırı işlevi gördüğü için çok küçümsenirken, halkın para ve mülkiyete karşı tutumlarının tamamen samimi olması ve şiddetli bir savunmayı gerektirmemesi yüzünden midir?

Ne olursa olsun Freud böyle bir sahiplenmeciliğin yetişkin kişinin hayatında baskın olması halinde sağlıksız bir yönelim olduğuna inanmıştır. Freud, kavramının doğruluğunu ortaya koymak için çeşitli verileri öne sürmüştür; ilkin, dışkıların sembolik olarak para, mülkiyetin de pislikle bir tutulduğu veriler. Doğrusu bunu öne sürmek için bolca dilsel, folklorik ve mitsel veri vardır. Freud 22 Aralık 1897 tarihinde Fliess'e gönderdiği mektupta para ve tamahkârlıkla dışkıları ilişkilendirmiştir: Birbirinden çok farklı görünen paragözlük kompleksiyle dışkılama kompleksi arasındaki bağlantılar görünüyor. Psikanaliz uygulaması yapmış her doktor, nevrotiklerdeki kabızlık alışkanlığı diye bilinen ve tedavisi fevkalade zor olan uzun süreli vakaları bu tür bir tedaviyle iyileştirebileceğini bilir. Bu söz konusu işlevin hipnotik telkine de aynı şekilde cevap verdiğini hatırladığımız takdirde bize o kadar şaşırtıcı gelmez. Fakat psikanalizdeki kişi, bu sonuca ancak para kompleksiyle uğraştığında ve bu kompleksi bütün bağlantılarıyla bilinç katına çıkardığında ulaşabilir. Burada nevroz olsa olsa dört elle parasına sarılmış kişinin "pinti" veya "pis" diye adlandırılan yaygın sözel kullanımın bir göstergesi olduğu varsayılabilir. Fakat bu açıklama fazlasıyla yüzeyseldir. Gerçekte arkaik düşünce biçimlerinin hâkim olduğu veya varlığını sürdürdüğü her yerde; kadim uygarlıklarda, mitlerde, masallarda ve hurafelerde, bilinçdışı düşüncelerde, rüyalarda ve nevrozlarda parayla pislik arasında son derece yakın bir ilişki kurulur. Şeytanın metresine verdiği altının kendisi ayrılır ayrılmaz dışkıya dönüştüğünü ve hiç kuşkusuz şeytanın bastırılarak bilinçdışına itilmiş içgüdüsel hayatın simgesi olduğunu biliyoruz. Ayrıca hazinenin bulunmasıyla dışkılamayı ilişkilendiren hurafeyi de biliyoruz ve herkes "para dışkılayan" figüre aşinadır. Aslında kadim Babil anlayışına göre bile altın "cehennem dışkısıdır". Dolayısıyla dildeki kullanımına baktığımızda, başka yerlerde olduğu gibi burada da sözcükler özgün esaslı anlamlarında kullanılıyor ve bir sözcüğü mecazi anlamda kullanıyor, göründüğü yerde genellikle ona eski anlamını veriyor. İnsanın bildiği en değerli maddeyle, atık madde diye ıskartaya çıkardığı en değersiz madde arasındaki bu tezat, altın ve dışkının bu spesifik özdeşleşmesine yol açmış olabilir. Burada bazı yorumlarda bulunuyor. Altının "cehennem dışkısı" olarak görüldüğü Babil anlayışında altın, dışkı ve ölüm arasında bir bağlantı kurulmuştur. Ölüler diyarı olan cehennemde en değerli madde dışkıdır. Bu, para, pislik ve ölüm mefhumlarını da beraberinde getirir. Alıntıladığım iki paragraftan sonuncusu Freud'un zamanının düşünce tarzına olan bağlılığını açıkça ortaya koymaktadır. Freud altın ve dışkının sembolik özdeşliğinin sebebini ararken şu varsayımı ileri sürüyor; onların özdeşliği tam da aralarındaki köklü tezata, altının insanın bildiği en değerli maddeyken dışkının en değersiz madde olmasına dayanıyor olabilir. Öte yandan Freud, ekonomisi genellikle altına dayanan uygarlıklar için altının en değerli madde olduğunu, ama altının onların gözünde hiçbir değerinin olmayabileceği ilkel toplumlar için bunun katiyen geçerli olmadığı gerçeğini es geçiyor. Daha önemlisi, onun içinde bulunduğu toplum yapısı insanın altını en değerli madde olarak gördüğünü öne sürse de, Freud bilinçdışında altını ölü, steril, cansız bir şey olarak tasavvur etmektedir. Bu durumda altın, birikmiş bir emek işlevi olmayan mülkiyetin öne çıkan örneğidir. İnsan altını yiyebilir mi? İnsan bir şeyi altınla büyütebilir mi? (Altının sermayeye dönüştürülmesi dışında...)

Altının bu ölü, steril yanı Kral Midas mitinde kendini göstermektedir. Kendisi o kadar açgözlüydü ki, dokunduğu her şeyin altına dönüşmesi isteği kabul edildi. Fakat insan altınla beslenemeyeceği için sonunda Midas ölmek zorunda kaldı. Bu mitte altının steril oluşu ve Freud'un sandığının aksine kesinlikle en yüksek değere sahip olmaması açıkça işlenmiştir. Freud paranın ve mülkiyetin olumsuz değerinin ve az evvel tartıştığımız, ana karakter kavramının kritik sonuçlarının farkına varamayacak kadar zamanının çocuğuydu. Freud'un libido gelişimi şemasının doğru yanları ne olursa olsun, insan gelişiminin ilk evrelerinden biri olarak alıcı ve sahiplenici evrelere dair bulguları gayet akla yatkındır. Çocuğun hayatının ilk yılları bebeğin kendine bakamadığı, kendi istekleri doğrultusunda kendi gücüyle çevresindeki dünyayı şekillendiremediği bir dönemdir. Kendisi üretemediği için mecburen almak, kopmak veya sahiplenmek zorundadır. Dolayısıyla sahip olma kategorisi çocuğun gelişiminde zorunlu bir geçiş evresidir. Eğer sahiplenmecilik yetişkinde baskın deneyim olarak kalırsa onun normal üretkenlik evresine geçiş amacına ulaşamadan gelişimindeki bu sekte yüzünden sahiplenme deneyimine takılı kaldığını gösterir. Diğer yönelimlerde olduğu gibi burada da evrimin erken evresinde normal olan şey, sonraki bir evrede de varlığını sürdürüyorsa patolojik olur. Sahiplenmecilik üretici faaliyet kapasitesinin azalmasına dayanır. Bu azalmanın ardında birçok etmen bulunabilir. Üretici faaliyetten kastım, içgüdülerden gücünü alan eylemler veya belli şekillerde eylemde bulunmaya dönük zorlayıcı ihtiyaç değil de kişinin kendi yetilerini özgürce ve aktif olarak ifade etmesidir. Ne var ki bu tartışmayı sürdürmek için uygun yer burası değildir. Ancak şu kadarını söylemekle yetineyim, erken yılgınlık, uyarım eksikliği, aşırı şımartma gibi faktörleri hem birey hem de toplum bazında araştırmalıyız. Fakat durum öbür türlü de gelişebilir. Yönelim sahibi olup onu tatmin etmek çabayı ve sonunda üretken çabada bulunma kapasitesini zayıflatır. Kişi ne kadar çok şeye sahip olursa üretici faaliyette bulunmaya o kadar az istek oluyor. Sahip olma ve ruhsal tembellik sonunda bir kısırdöngü oluşturup birbirini pekiştirir.

Tek yönelimi sahiplenme olan bir kişiyi, cimri insanı, örnek olarak inceleyelim. Onun gözünde sahiplenilmesi gereken en bariz nesne paradır ve paranın maddi karşılıkları da toprak, ev, taşınabilir mal vesairedir.

Enerjisinin çoğunu, parayı muhafaza etmeye, tasarrufta

bulunmaya, iş faaliyetinde ve spekülasyonda kullanmak yerine parayı kullanmamaya harcar. Kendini bir kaleymiş gibi görür, hiçbir şeyin oradan ayrılmaması gerekir, dolayısıyla hiçbir harcama yapılmamalıdır ve bu "elzem olma hali" onun cimriliğinin derecesine bağlıdır.

Bir insanın harcamalarını neredeyse sıfıra indirmek için kendini leziz yiyecekler, şık kıyafetler, konforlu bir ev gibi hayatın nimetlerinden mahrum bırakması ender olmasa da istisnai bir durumdur. Ortalama insan, bir kişinin kendini bütün zevklerden mahrum bırakmasına bir anlam veremez. Ama durumun gerçekte bu olmadığını yadsıyamayız, cimri insan en büyük zevki tam da sahiplenme deneyiminde bulur; onun nazarında sahip olmak, güzellik, aşk, tensel ve düşünsel zevklerden daha tatlı bir zevktir. Zengin ve cimri bir insan bazen bu kadar açık olmayan bir tablo sunar. O bir yığın parasını hayır işlerine veya sanata harcayabilir, çünkü bu sosyal itibarının gerektirdiği ve gözde imajının halk katındaki değeri için yaptığı bir harcamadır. Fakat kendisini gereksiz posta masraflarından kurtaracak bir kontrol sistemi kurmak için elinden geleni yapabilir veya işçilerinin bir dakika bile olsa mesai sürecini kaybetmemeleri için hummalı çabalar sarf edebilir. Öyle ki Bennet'in aktardığına göre otomobil imparatorluğunun kurucusu Henry Ford çoraplarını artık onarılamayacak raddeye gelene kadar giyermiş ve kendisinin haberi olmadan karısının mağazadan yeni çorap almasından endişelendiği için çoraplarını arabasında değiştirip eski olanları yola atarmış.

Sahip olma arzusu yüksek olan kişilerin çoğunda başkalarını kontrol etme eğilimi vardır. İnsanları elinde tutma çabası kaçınılmaz olarak tutkuların en çirkin ve sapkın olanına, yani sadizme yol açar. Sahip olmanın nihai amacı kişinin kendine sahip olmasıdır. "Kendime sahibim" sözünün anlamı bütün varlığımla doluyum, neye sahipsem oyum ve neysem ona sahibim demektir. Bu tip insanın dosdoğru temsilini su katılmamış bir narsistte bulabiliriz. O, sadece kendisiyle meşguldür. Bütün dünyayı kendisine ait bir şeye dönüştürür. Kendisinden başka biriyle ya da bir şeyle ilgilenmez. Sahip olma deneyimine özünde benzeyen başka bir deneyim türü de tüketim deneyimidir. Yine burada da işlevsel tüketim ile işlevsel olmayan tüketimi birbirinden kolayca ayırabiliriz.

Eğer bedenim yiyeceğe ihtiyacım olduğunu işaret ettiği için veya yemekten tat aldığım için yiyorsam, benim yeme eylemim incelmiş damak tadım da dahil olmak üzere bütün organizmamın sağlıklı işlemesine hizmet etmesi anlamında işlevsel ve akla uygundur. Ancak eğer oburluktan, depresyondan veya endişeden dolayı aşırı yiyorsam benim bu yeme eylemim akla ters düşer; bana zarar verir, fizyolojik ve ruhsal olarak beni beslemez. Açgözlülüğe dayanan takıntılı nitelikteki bütün tüketimler için bu geçerlidir. Para tutkusu, uyuşturucu bağımlılığı, günümüz tüketiciliği ve cinsel tüketim bunun örnekleridir. Günümüzde büyük haz veren cinsel tutku gerçekte ihtirasın bir ifadesi ve birbirini yiyip tüketme çabasıdır sadece. Taraflardan birinin ya da ikisinin, karşı cinsi tamamen sahiplenme amacı güttüğü bir çabadır bu. İnsanlar bazen en ateşli cinsel deneyimlerini, "Birbirimize saldırdık" cümlesiyle ifade eder. Gerçekten de saldırırlar, tıpkı birbirlerine saldıran aç kurtlar gibi. Buradaki esas ruh hali, bırakın sevgiyi, sevinç bile olmayıp saldırgan sahiplenmedir.

İnsanın kendisini başka insanlarla, yiyecekle veya diğer şeylerle tatmin etmesi, sahiplenme ve mülkiyetin daha arkaik bir biçimidir. Son durumda sahip olduğum nesne üstün bir güç, bir kandırmaca veya başka şeylerle benden alınabilir pekâlâ. Benim ona sahip olmam sahiplik unvanımı garantiye alacak bir sosyal koşulu gerekli kılar. Eğer sahip olmak istediğim nesneyi içime alırsam, o bütün müdahalelere karşı güvende olur. Hiç kimse içime attığım şeyi benden alamaz. Bu birinci tip sahiplenme, bebeğin bulduğu şeyi ağzına götürmesinde açıkça görülebilir. Güvenli sahip olmanın ilk yolu budur. Fakat fiziksel nesneler söz konusu olduğunda içine alma yöntemi sınırlanır. Kesin konuşmak gerekirse bu, ancak organizmaya zarar vermeyen ve yenilebilen nesnelerle mümkün olabilir. Yamyamlığın köklerinden biri burada yatıyor olabilir.

Özetle, işlevsel olmayan ve dolayısıyla hastalıklı tüketim, sahip olmaya benzer. Her iki deneyim de insanın üretken gelişimini zayıflatır, hatta yok eder, onu canlılıktan mahrum bırakarak bir "şey"e dönüştürür.

Yüzde 3'lük Umutlar

İnsanın anlam arayışı, gerçeklik serüveni, beklentileri ve hayalleri metafizik boyutunda yoğun bir tekâmül yolculuğudur.

Geçmiş yüzyıllarda uyaran azlığı nedeniyle daha az beklentide olan insan şimdilerde kontrol edemediği bir saldırı altında. Yoğunluğa, strese, sorunlara alışmış yeni çağ insanı bu kaosun içinde umut yaprakları bulma arzusunda. Her rüyayı yorumlamak, her olayı anlamaya çalışmak insanın alışkanlığı olmuş durumda. Daha hırslı bir çağda kıyaslarımız yüzünden eksiklik ve kaybetmişlik hissimiz sık sık kendini gösteriyor. Bir an her şeyi yüklenip zamanla "Ben yoruldum hayat" deyip hastalanıyoruz. Kırılma noktalarımızda büyük kararlar alıp vazgeçişler yaşıyoruz. Ömürleri kısa süren bu deneyimler zamanla kendini en başa getiriyor. "Sirkeli suyla yıkanınca bir anda kötü enerjiler gidecekmiş" inancımız kadar şifa beklentimiz. Hani varsa bir teknik, hemen yapayım da sonucu hemen gelsin gibi...

Çok sevenin kendisini mağdur, çok iyilik yapanın kendisini iyi, çok fedakâr olanın kendisini haklı zannettiği çağlarda birbirimizi iyiler ve kötüler diye ikiye ayırdık.

Arası olmayan bir yaşam çizgimiz var. İyi, en iyi; kötü, en kötü. Kimse iyilerin de ara sıra yanlışlar yapabileceğine, kötülerin de bazen iyi olabileceğine inanmıyor. Daha ne kadar parçalayabiliriz acaba birbirimizi. Daha ne kadar mesafe koyabiliriz birbirimize?

- Sağcı-Solcu
- Dindar-Ateist
- X Partili-Y Partili
- Heteroseksüel-Gay

- Kadın-Erkek
- Ünlü-Ünsüz
- Fakir-Zengin
- Siyah-Beyaz
- Türk-Kürt
- Varoş-Entelektüel
- Bekâr-Evli
- Ve en sonunda İYİ-KÖTÜ.

Hiç mi ihtimali yok hem dindar olup hem Atatürk'ü sevmenin?

Hem dindar olup hem de bazen şüpheye düşmenin?

Heteroseksüel olup içten içe gay fantezilerinin olmasının?

Zengin olup hiçlik yaşayabilmenin?

Fakir olup zenginler kadar eğlenebilmenin?

Sağcı olup eşitlik istemenin?

Solcu olup imtiyaz talep etmenin?

Kadın olup kravat takmanın, erkek olup pembeyi sevmenin?

İyi olup yanlışlar yapmanın, kötü olup iyiliklere başlamanın hiç mi ihtimali yok zihinlerimizde?

Başkasına sınır çizmek aslında kendini ayırmak demektir. Sonunda, "Yalnızım" şikâyetlerimizin sebeplerini kendimizin oluşturduğunu görecek kadar da mı içgüdü kazanamıyoruz?

Kim bu sürekli bize çelme takmaya çalışan?

Çocukların karanlıkta hayal güçleri ile yarattıkları canavarlar gibi görünmez düşmanlar edindik. Bu kadar savaş cephesine gerek var mı? Cephanemizin de bir sonu var.

Totemine kadar diyerek erkenden kabulleniyoruz. Peki gerçekte bunlar kader değil de bizim korkularımızsa... Korkularımız kadar karanlığımız varsa... Tüm potansiyelimizi yüzlerce cephede sonlandırmaya doğru koşuyorsak... Sık sık yorulmamızın, kaçan uykularımızın, düşen motivasyonlarımızın, azalan umutlarımızın sebebi bizsek...

Geçmişimizden ve geçmişimizde olan insanlardan sürekli alacaklı gibi yaşamaktan kibrimiz ışıklarımızı söndürüyorsa... Haklılık algımızdan en derindeki başlangıç noktamıza dönemiyorsak... Sadece çocukları ve hayvanları masum görmemizin sebebi, kendimiz gibi olanlardan korkmamız ise...

Ve onları eleştirerek, kötüleyerek, dışlayarak, sıfatlar vererek gizli öfkemizi kusuyorsak...

İçine giremediğimiz âyetlerden, felsefelerden, hadislerden, âlimlerin yüksek algı gerektiren sözlerinden, Mevlânâ'nın, Şems'in parlak ışıklarından sadece başlıkları alıyorsak... (Başlıklar karşıya saldırı, derinlikleri ise kendimize ders içindir.)

Birlik olduğumuz yerler neden kötü olaylar sadece? Neden her şarkıda aynı pistte dans edemiyoruz?

Neden biri rakısını, diğeri çayını kahvesini tokuşturamıyor? Sonra evlerimize dağılacaksak neden saklanıyoruz, neden korkuyoruz bu kadar?

Kocaman korkaklarız belki de. Çocuklar kadar olamıyoruz, daha büyük korkular varken, ip atlayabilen, birlikte kumdan kale yapabilen, sırayla seksek oynayan, beraber evcilik oynayıp sonucunu düşünmeden dans edemiyoruz el ele. Yazık bize.

Her şeyin sebebi bizsek neden sadece işaret parmağımız açık? Teker teker diğer parmaklarımızı açmalı, her biri uyuşmuş ağrıyor olsa da devam etmeliyiz. Dinlenmeli, durmalı, anlamalı, içselleştirmeli ve devam etmeliyiz. Biliyorum ki yüz binlerce okurun içinden yüzde 3'ü diğer parmaklarını açmaya odaklanacak.

Her bir el, tüm parmaklarını açtıktan sonra bir başka elle tokalaşacak ve görünmeyen bir yerde yeniden bir birlik toprakları bulacağız.

Boşa umut diyen yüzde 97'ye umut olacağız.

Sevginin 4 Öğesi

Dünyaya geldiğimiz an başlıyor eksiklik duygumuz. Ruhumuzun bedende buluşması ve anne karnından dünyaya gelişle ilk korkumuz beliriyor. En sağlıklı anne baba sevgisiyle büyüsek de yaşam deneyimlerimizde sürekli bir eksiklik hissedebiliriz.

Bebeğin anne göğsüne sürekli yapışma isteği sadece karın doyurma hazzı olamaz. Aynı zamanda güvenli bir bağ kurma isteği söz konusudur. Doğduğumuz an, içimize istemimiz dışında işlenen ve katlanılmaz olan yalnızlık hissini giderebilmek için çeşitli yollar ararız. En şiddetli karmaşamız; hem birilerine ve bir şeylere yakın olmak isteriz hem de bağımsız ve özgür olmak isteriz.

Sevgi sadece tek başına hiç de güvenli dayanağımız olamaz. Ona akıl eşlik etmedikçe karmaşalarımız artar. Akıl, insanın derinlik algısını kazanmasını, çözümleme yapmasını, sebep sonuç ilişkisini anlamasını, gerçeği görmesini sağlarken, sevgi diğerleriyle aramızda olan duvarları aşmamızı sağlar. Yıllardır dilde ve yazıda sık kullandığımız bir kavram olan sevgiyi gerçek haliyle tanımlamak zordur. Ama şunu açık açık söyleyebilirim, insanların çoğu sevmedikleri şeyi sevdiklerini sanıyor. Farklı duygulara sevgi ismini takıyorlar.

Bağımlılıklarımızı, alışkanlıklarımızı, sevdiğimizi sorarız. Bir memleketi, bir çikolatayı sevmek, âşık olduklarımızı sevmek vb. Büyük, geniş bir alandır. İnsanlar, kolay sevebildiklerine inanır. Sadece tercihlerinin doğru ya da yanlış olup olmamasının önemli olduğuna, kendilerini inandırmışlardır. Eğer doğru işi, eşi, elbiseyi, yolu, kararı bulursam mutlu olurum diye düşünüyoruz. Sık karşılaştığımız son yıkım pişmanlık, üzüntü ve depresyon oluyor. Gerçek sevgi çok başka, insanın aktif ve canlı olabildiği anlardadır.

Temel öğeleri; ilgi, sorumluluk, saygı ve bilgidir.

İlgi ve sorumluluk öğeleri, etkinliği ve canlılığı kişinin kendisinde tutar. Bu kısımda beklenti dıştan içe doğru bir yolculuğa çıkıyor. İçinde emek ve çaba barındıran bu durum kişiyi canlı bir şekilde duygunun içinde yaşatıyor. Bu duruma en iyi örnek anne sevgisidir. Doğum esnasında yaşanılan acıya dayanma gücünü aktifliğinden alan anne, ilgi ve sorumluluk aşamasında maksimum seviyeye çıkar. Çaba, bebek büyümeye devam ettikçe aktiftir. Sorumluluk; yanıt vermek, karşılık vermek demektir. Çocuk istedikçe anne hazırdır.

Mesela aşkta sevgi yoktur aslında; aşk, sevgiye geçebilmenin kapısını sunar. O kapıdan geçemeyen çok olduğu için çoğu zaman aşklar hüsranla biter. Aşkta kendini sevme, kendi isteklerine aşırı odaklanma vardır. Hele ki yalnızsak ve cinsel isteklerimiz de yüksekse âşık olmaya iteriz kendimizi.

Gerçek çekicilik dış görüntü değil, en derinlerdeki sevebilme yeteneğidir. En çekici insan güzel ve canlı sevebilen insandır. Yani diğerinin yaşamından sorumlu olmak canlı tutar. Anneler bu yüzden konu evlatları olunca güçlenir.

Yaradanın sevebilme gücü sonsuzdur. Sürekliliği, kudreti ve sonsuzluğu tartışılmaz. Sürekliliğine biraz dikkat kesilirsek aşırı şaşkınlık ve hayranlık duymamızın nedeni budur. Algılayamadığımız bir canlılık hali, yarattığı her şeyi sevebilme gücü, sürekli ilgilenmesi ve sorumluluk alması durumuna biraz dikkat kesilelim.

Canlı, cansız her şeyin sürekli başlayıp bitmesi, değişmesi, dönüşmesi... Ve her birimizin ruhunda olan bir parçadır sevgi. Canlı tutulmadıkça karşı tarafta hayranlık uyandırmaz. Her insana çoğul bakmak işimizi kolaylaştırır. Bir insanı tam anlamıyla sevebilmek insanlığı sevebilmektir. Her insan yardıma ihtiyaç duyar, hepimiz diğerinde nefes alırız. İlgi ve sorumluluk sevginin başlangıç anahtarlarıdır. Ama saygı ve bilgi olmazsa sevgi baskıya yük olmaya başlar.

Saygı tanımakla gerçekleşir, diğerinin öznelliğini, "kendini" bilmek ve tanıyabilmek için insanın bilgisine ulaşmak gerekir. Düşüncelerimizin çoğunu araştırmayız. Pratikte sık tekrarlandığı için inanırız. İşte burada akıl devreye girer. Aklın görevi bilmek, anlamak ve ilişki kurmaktır.

Tarafsız olabilmek için akıl yoluyla saygıya ulaşabilmeliyiz. Bir şeyi, bir insanı anlamak istiyorsam onu kendi doğasında görebilmeliyim. Her zaman özne biz olmalı, yüklem bize ait olmalıdır. Nesnelerin ne olduğu önemli değildir. Canlı ya da cansız, ilgi ve sorumluluk saygı ve bilgi ile gerçekleşirse sevgi gerçekleşir.

Şimdi hepimiz sevdiğimiz, inandığımız insanlarla olan ilişkilerimizi yavaş yavaş düşünelim. Yukarıdaki dört öğenin hangileri eksik.

Etrafımız çoğunlukla birbirlerinin sorumluluğunu almış fakat ilgisiz, saygısız ve bilgisiz insanlarla dolu. Sorumluluk alışkanlığa dönüşmüş, canlılık yitirilmiş ve hepimiz yorulmuşuz.

Herkesi ve her şeyi sevmek zorunda değiliz. Sevmeye karar verdiklerimize bu özeni göstermeliyiz. Aynı şekilde karşı taraftan bunları alamıyorsak gözden geçirmemiz gereken bir ilişkimiz var demektir.

ÖNGÖRÜLERİM

Hoşgörü İlaç Olacak

Hiç düşünmeden kolayca yaptığımız şey ahlakımızdır. İşin içine düşünce girdiğinde durum değişir. Diyelim ki kolayca rüşvet alıyorsunuz (düşünmeden kolayca)... Ya da size teklif edildiğinde gelgitler yaşıyorsunuz... Ya da düşünmeden kolayca reddediyorsunuz. Başka bir örnek, evlisiniz ya da bir ilişkiniz var. Size yaklaşan birini düşünmeden kolayca kabul edip eşinizi aldatmanız, gelgitler yaşamanız ya da düşünmeden süratle reddetmeniz ahlakınızla ilgilidir. Yani ahlak o gelgitlerin olduğu yer değil, düşünmeden yaptığımız iyi kötü iki eylemdir.

Bir restoranda arkadaşlarınızla yemek yiyorsunuz. Hesap geldi, düşünmeden hızlıca eli cebine gidenler, "Acaba ödesem mi?" diye gelgit yaşayanlar, hiçbir şekilde eli cebine gitmeyenler. Aradaki gelgitlerin azaldığını ve doğru ya da yanlış, insanların her şeyi kolayca, düşünmeden yaptıklarını gözlemliyorum.

Her ikisi de eylemden sonra oturup düşünmez neden böyle yaptım diye. İkisi de emindir, düşünceye yer yoktur.

Aldatır, düşünmez.

Aldatmaz, düşünmez.

Öngörüm şu: O kadar zıtlaşma, çatışma ve ayrışma var ki, tam zıddımızı sık sık görmek ve kendimizi sürekli haklı ve ahlaklı hissetmek, bencilliği, özeleştiri güçlüğünü daha da fazla doğuracak. Bu durum insanları gettolar şeklinde yaşama itecek. Daha az, daha bize benzeyen kişilerle sosyal ilişki ve iş ilişkileri kurulacak. Dışarıda olanı yok sayar hale geleceğiz.

Tabii ki evren metafizik bir kırılma yaşıyor. Artık bu kırılmadan dolayı uçlar kendilerini zihinsel anlamda yok edecek. Siyah ve beyaz mutsuzlaşacak. Griye yer açmak gerekiyor. İmkânsızlıklar, kesinlikle olmazlar zorlanacak. Her şeyin daha mümkün olduğu dönemler başladı. Daha esnek olamayanlar acı çekecek. Burada hoşgörü insanlığa ilaç olacak. Örneklerle anlatmak isterim. Ülkemiz muhafazakâr kesimin çoğunlukta olduğu bir toprak. Muhafazakârlık, dinle ilgili bir kavram değildir. Kendi ideolojisini muhafaza etmek demektir. Her iki açıdan bakarsak en az 10 sene önce başörtülü bir kadının pilates hocası olması kültür boyutunda zordu. Şimdi kabul görüyor ve esniyoruz. Gece kulübünde çalışan birinin 5 vakit namaz kıldığını görebiliyoruz.

Eşcinselliğini çekinmeden yaşayan kişiler şimdilerde kimseyi rahatsız etmiyor. Yıllar önce kimi için yan yana olmak bile rahatsız ediciydi, şimdi fotoğraf çekip sevgi mesajları verebiliyoruz.

Atatürkçü olan, dine daha farklı yaklaşanlar artık sosyal medya hesaplarında kendilerini etkileyen dua ve âyetleri paylaşabiliyor. Kalın duvarlar yıkılmaya başladı. Tabii ki süreç biraz kargaşa getiriyor, bu da normal.

Yıllar önce boşanmak, evlenmek kadar zordu, şimdilerde iyice kolaylaştı. Yani metafizik kırılmalar insanı aydınlığa götürüyor, yüklerini, kalıplarını, şablonlarını değiştiriyor. Bu değişim ve dönüşüm sancılı olsa da kaçınılmaz. Hayat bize daha fazla hoşgörü öneriyor. Kabul etmekle onaylamak farklı şeyler. Her şeyi onaylamak ve desteklemek zorunda değiliz ama kötü, zararlı, gurur kırıcı olmadığı sürece farklı olan her şeye hoşgörülü olmalıyız. Yoksa rahatsızlık verici yalnızlıklar insanoğlunu bekliyor.

Tarikatlara Dikkat! Bilgi Kurtarıcı Olacak

İnsan en büyük hatayı kendini yalnız hissettiğinde yapar. Yanlış seçimler, tercihler vb. Şehir insanı bu konuda köylüden daha tehlikeli bir ortamda yaşamaktadır. Köylerde böyle tarikatlar pek olmaz. Olsa da zarar veremez.

Çünkü köylünün bılınçaltında tevekkül, teslimiyet vardır. Mezarlıkları sık görür, tek ibadet yeri camidir, imam köyün Diyanet İşleri başkanı gibidir. Kâbe'yi görünce gözleri dolar, dillerinde şükür bitmez. Yeni fikirlere, düşüncelere kapalı olurlar. Gelenek, âdet, örf ve öğrenilmiş her şey kıymetlidir ve korunup aktarılmalıdır. Yalnızlık hisleri pek yoktur, sürekli uğraşılacak bir iş vardır. Toprak, hayvan ve ürünler yaşam amaçlıdır. Komşuluk, akrabalıktan daha değerli ve işlevseldir. Yakın temas, ilişkiler, hal hatır soranın çokluğu güçlü bir bağ kurmuştur. Arada bir köyden uzaklaşsa bile hızlıca yuvasına dönmek ister. Aidiyet hissi güçlüdür. Şehir insanı ise tam zıddını yaşar. Akraba, dost, arkadaşlarla mesafeler uzaktır. 50 km ötede okul, 20 km ötede işyeri, 100 km ötede sevgili, 40 km ötede eğlence yeri, 1000 km ötede akraba vb. Mesafe hızdan dolayı artar.

Uçak, metro, tren, araba gibi araçlar sosyalleşmeyi, taşınmayı, alınan kararları, seçimleri, tercihleri ciddi anlamda etkiler ve değiştirir. Bu uzak mesafeler yüzünden şehirli insan sadece kendini geçindirmek, kendine yetebilmek önceliğindedir. Hayalleri için daha fazla mücadele etmek zorunda olduğuna inanır. Bu mücadele için ciddi bedeller öder, bu bedellerin içinde; sevdiklerinden, ailesinden, komşularından uzak kalmak vardır. Hedeflerine ulaştıkça derin mutsuzluklar hisseder. Evi genişler, eşyaları çoğalır, kredili yaşama boğulur ve iyice ihmal edilmiş insanlar birikir. Korkuları baskın olduğu için yakınlarına görüşememek ve paylaşımlarda olamamaktan duyduğu üzüntüyü açıklaması gerekir. Popüler bir açıklama gelişir:

"Vaktim yok."

"Şimdi araçla, otobüsle gelmeye kalksam..."

"Çok geç çıkıyorum işten."

"Borçları ödemek için çok çalışmam lazım" vb.

Kendine göre haklı ama sistem onu içine aldıkça, mutsuzluğu

aşılar. Böyle yaşayan insanlar için mutluluk bir yerlerde olmalı ve ben orayı bulmalıyım diye inanılır.

Cemaatler, tarikatlar, dernekler, vakıflar, takımlar, kısacası kalabalıkla hareket edilen topluluklar ilgi çekici olmaya başlar. Her türlü topluluğa bağlanmanın sebebi bir yere ait olma hissidir. Yardım için bir derneğe üye olmanın bile altında bu ihtiyaç yatar. Kimileri çıkar, menfaat, statü için girer ama çoğunluk aidiyet, yalnızlıktan kaçma gibi ihtiyaçları öncelik yapar. İnanın, sosyete denilen cemiyetlerin dernek buluşmalarını, organizasyonlarını bir görseniz, genelde kendileri hakkında konuşan insanlarla dolar taşar ortalık. Milyon dolarların da olsa sürekli o davetlerde birilerine kendini anlatır durursun. Övülmek, fark edilmek ve kendini dinlemek, dinlettirmek için muhteşem buluşmalardır. Oraya gelip dünyayı kurtarmalar, Türkiye ile Avrupa kıyaslamaları, çanta, ayakkabı ve moda sohbetleri, "Harika gözüküyorsun" yalanları, gizli işbirlikleri, burunlar havada bakışmalar, Instagram için ışık ve ortam arayışları, içilen şarapla ilgili bilindik söylemler vb.

Tabii ki hepsi değil ama inanın büyük çoğunluk böyle. Dindarlar ya da dinı tanımak için yalnızlardan sıkılmışlara tarikatlar kucak açar. Eğer ilim, irfan, bilgi, akıl gibi buluşmalar yoksa her türlü ortam muhakkak birilerinin çıkarına hizmet eder. Böyle ortamlarda insanlar tarikatlardaki derecesi yüksek insanlar gibi olmak için çabaya girer. Çünkü yukarıdakiler çok huzurlu ve umutlu gözükür. Onlar gibi olmak için her türlü bedel ödenmelidir. Madden ve manen kimse kalabalıklarda tekâmül edemez. Her insanın tekâmülü tek başınayken olur. Tabii ki bizi geliştirecek bilgi, akıl, ilim ortamları önemli. Ama dikkatli ve bilinçli olmalıyız. Sizce neden kitap kulüpleri, kütüphaneler, sohbet ortamları dolup taşmıyor? Çünkü okumayı sevmiyoruz, biri okuyup bize anlatsın istiyoruz. Şehir insanı bu tip ortamlara girmek istiyor, mutlu olmak, yalnız kalmamak adına. Daha da çok artan bu tarikatlar, iyi ve kötüyü karıştırır oldu. Bunu çözmenin yolu, önce yalnızlığa düşmek, sonra bilinçli okumalar yapmaktır. Din, sanat, felsefe, psikoloji, fizik gibi her açıdan okuma yapabilenler hangi topluluğun kendisini sömürmeyeceğini bilir. Ayrıca geçmiş yaşamımızı kabullenmek, yüzleşmek ve aile bağlarımızı sağlıklı hale getirmek de büyük fayda sağlayacaktır. Kabullenilmemiş geçmiş, çözülmemiş sorunlar insanın yanlış yerlere bağlanmasına sebep olabilir.

Sapyoseksüellik Artacak

Kendine bakmak, vücuduyla ilgilenmek, dış güzellik bir yere kadar gerekli ve iyi hissettirir. Ama son yıllarda bu konu aşırılaşmaya başladı.

Birçoğumuzun sosyal medya hesabı var. Sizin de dikkatinizi çekti mi bilmiyorum ama makyaj, estetik, kaş, kirpik, saç videoları sürekli ortalıkta geziyor. Fitness salonlarında sabahlayan kadınlar ve erkekler, bir kere giyilip unutulan binlerce kıyafet, ideal erkek ve kadın tipleri, muhteşem yüzler, süper ötesi beden ölçüleri, photoshoplar, güncellenen, yenilenen filtreler, kontrolden çıkmış durumdaki estetik sektörü... Canlı yayınlar yapan doktorlar, estetik videolarını yayınlayan insanlar... Çoğu insan bir diğerinin photoshoplu paylaşımını gerçek zannediyor. Kendini diğeriyle kıyaslayarak geçirilen boş saatler... Bu operasyonlar bir yere kadar desteklenebiliyor ama ben aşırılıktan bahsediyorum. Tabii bir de paylaşımların altına insanlık dışı yorumlar yazan cahil ve kötü ruhlular var. Tanımadıkları insanları dış görünüşleriyle eleştiren, değerlendiren, dalga geçen, küfreden zayıf karakterler. Güzel ile güzellik kavramı çok farklı şeyler. Güzellik ile estetik hayatımıza hızlı ve aşırı girdi.

İnsanların çoğu bir şeyin faydasından ziyade estetik özelliklerini öncelik haline getirdi. İnsan doğasında güzeli arzulamak vardır fakat ruh güzelliği itildikçe dıştaki beklenti aşırılaşır.

Bir yanda ise ayna karşısında geçirilen aşırı zaman, takıntılı hale getirebilir insanı. Aslında sık estetik, kendini beğenmemenin yoğunlaşmış halidir.

Öncelik dış güzellik olunca alınan övgüler, beğeniler kısa süreliğine kişinin kendisini iyi hissetmesini sağlar ama uzun vadede yıkıma götürür. Kişi kendini mükemmel sandıkça zekâsı, ruh dünyası gelişemez çünkü buna gerek duymaz.

Ortalık kral, kraliçe, prens, prenses dolu. Dikkat ederseniz ünlülerin fanları bile onlara sevgisini bu şekilde dile getiriyor: "Prensesim, prensim, kraliçem, meleğim, muhteşemsin, kusursuzsun, yok böyle güzellik" vb. Her şey dozunda ve dengede iyidir.

Tüm dünyayı işimden dolayı geziyorum, farklı ülkelerde seminerler veriyorum. Bizim ülkemiz de dahil birçok yerde sık sık duyduğum şey, "Artık tipe değil, zekâya âşık oluyorum." Cümle klişe gelebilir ama ciddi anlamda arka planda estetik yorgunluğu yatıyor. Sapyoseksüel, akıllı veya zeki sözcüğünün Latincesi olan "sapien" ile "sexualist" kelimelerinin birleşmesinden oluşan, zekâyı en önemli tahrik edici unsur olarak gören kişilere verilen ad.

Aslında "beyin aşkı" diyebiliriz. Zekâ, espri yeteneği, mizah anlayışı gibi öğeler sapyoseksüeller için önemli kriterler. Sapyoseksüeller sosyal medyadaki resimlerinizden ziyade olaylar karşısında tutumlarınız, kendinizi nasıl ifade ettiğiniz, kullandığınız kelimelerden etkilenirler.

Farklı olanlar, kimsenin düşünmediğini düşünenler, herkes gibi olmayanlar, zekice espri yapanlar, toplumsal olaylara faydalı, farklı, akılcı tepkiler verenler ve bu süreçlerinde istikrarlı olanlar sapyoseksüellerin görüş alanlarında.

İnsanlar birbirine benzeyen, iki kelimeyi bir araya getiremeyen, dışı güzel, yakışıklı ama içerde özgüvensiz, her şeyi para, eşya, dış güzellikten ibaret sananlardan yorulmaya başladı.

Yakın geçmişe kadar güzel mi, yakışıklı mı, zengin mi, statüsü iyi mi gibi öncelikleri olanlar artık zeki mi, iletişimi güçlü mü, sorunları çözebiliyor mu, esprili mi, sosyal mi, evrensel ve bütünleştirici mi diye bakıyor.

Ne dersin, sen de sapyoseksüel olabilir misin?

Tipik özellikleri:

- Ayrıntıcıdır
- Mimiklerini iyi kullanır
- Açık iletişim kurar
- Sorgular
- Kolay anlaşılmaz
- Zekidir
- Çekicidir
- Seçici ve zevk sahibidir
- Özgüvenlidir
- Okumayı sever

Kendini Paketlemek

İnsan, hem kendine hem de başkalarına sunmak için bir ben görüntüsü oluşturmak ister.

"Ben şöyle bir insanım, ben böyleyim" mesajlarının arkasına fazlaca sığınırız. "Güçlü kadın, şefkatli baba, iyi anne, duyarlı vatandaş, duygusal insan, vicdanlı arkadaş" vb binlerce etiketle kendimizi paketleriz. Görünen yanlarımızla dışarıya ve geçici olarak kendimize, kendimizi sunarız. Fark etmediğimiz şey, bu etiketlemelerin zamanla altından kalkması zor yüklere dönüştüğüdür.

Hiç kimse sunum yaptığı şekliyle yüzde yüz örtüşemez. Asıl soru, neden böyle bir pakete ihtiyaç duyduğumuzdur. Bu etiketleri geçmiş deneyimlerimizden çıkarırız.

Son yıllarda kişisel gelişim pazarlarında sıkça satılan, "Ben muhteşemim, iyiyim, hayat güzel, evren harika, her istediğimi yaparım, güç bende" gibi kalıplar mantık dışılığını zamanla gösterir oldu. Söylediğin olur, inandığın gelir gibi büyük kalıplar içten içe insanı kaygılı hale getirdi.

Çoğu insan başına gelen sıkıntıları, tekrarlı olumlama söylemleri ile aşabileceğine inanıp gerçek potansiyellerini göremez hale geldi. Sık tekrarlanan etiketler düşünce, duygu ve davranışa dönüşebilir. Zamanla bilinçsizlik getirir ve durumlara akılla bakma becerimiz azalır. Olumlu etiketleri akılla buluşturmak önemlidir. Örneğin: "Yardımseverim ama kime ne kadar yardım etmem gerektiğini iyice öğrenmeliyim." "Mücadeleci bir insanım fakat bazı olaylar benim elimde değil. Çabam sadece elimden gelen kadar."

Olumlu etiketler ve paketlenmeler aslında bilinçaltımızdan gelen olumsuz seslere büyük bir tepkidir. İçten içe hissel olarak bizi aşağıya çeken inançlarımız vardır. Bazen iç sesimiz; tembelim, mutsuzum, çirkinim, başarısızım vb düşünceleri yüzeye doğru iter. Bilincimize gelen bu seslerin etkisini azaltmak için tersi bir etiketle paketleniriz. Sağlıklı olan (akıl yolu) bu iç sesin nereden geldiğini ve bu inancın nasıl oluştuğunu bulmaktır.

Geçmişle yüzleşmek cesaret ve zaman ister.

Olumsuz etiketlemelerde parça ve bütün ilişkisine dikkat etmeliyiz. Örneğin, son yıllarda estetik güzellik fazlaca ön planda. Hatta bağımlılığa dönüşecek derecede estetik yaptıranlar çoğaldı. Ağzı, burnu, eli, ayağı hızlıca ve kampanyalarla değiştirebilme şansı çoğu insanı tahrik ediyor.

Bir yanı ile dengede olabildiği sürece faydalı iken bir yanı ile dışı ne kadar güzelleştirse de iç sistemi bozabiliyor. Örneğin, dudaklarını sevmiyor, beğenmiyor. Bu parça bütüne yansıyor. Sık sık dudaklarına odaklandıkça kendini böyle görmeyi sevmemeye başlıyor. Dudaklarına estetik yaptırdıktan bir süre sonra kulaklarını takibe alıyor. Başkalarının kulakları ile kıyaslıyor. Sonra kulaklarını sevmediğine inanıyor. Zamanla herkesin kulaklarına baktığına inanıyor. Yine parçadan bütüne gidip kendini beğenmiyor. Bu süreç böyle devam ediyor.

Zamansal etiketlenmelere bakalım. İnsanız, bazen tembel, öfkeli, kızgın, suratsız, mutsuz olabiliriz. Bu, sürekli böyle bir insan olduğumuzu göstermez. Belli bir süre zayıfızdır, kızgınızdır, tembelizdir. Ama zihin böyle düşünmez, 3 günlük tembelliği geneller, 1 aylık hataları tüm geleceğe yapıştırır. Zamanla inanır, inandırır.

Sizi rahatsız eden yanlarınızı, düşüncelerinizi, hislerinizi yazın. Üzerine tekrar düşünün. Bu etiketleri zamanlandırın. Ne kadardır böylesiniz? Kader hep kötü olamaz. Hayat sürekli haksızlık yapmaz. Yaşam bütünüyle çekilmez değildir. Bir zaman dilimindeki deneyim ve çıkarımları tüm yaşama paketleyemeyiz. Olumsuz etkileri yazdıktan sonra, şuna odaklanabiliriz: Yaşamımın hangi döneminde böyle bir inanç geliştirdim? Tam tersi olan olumlu etiketle ilgili deneyimim hiç olmadı mı?

Hep mi mutsuzdum, hep mi tembel ve özgüvensizdim? Eğer öyle ise daha ne duruyorum? Şimdi başlayamaz mıyım? Unutmayalım ki kaç yaşında olursak olalım yaş aldıkça paketimiz eskiyecek ve sürekli yenilenmek ve çağa ayak uydurmak zorunda kalacağız. Ama içimizle dışımızın biraz kendine yakın olması bizi daha huzurlu insanlar haline getirebilir. Gerçek şu ki, en sık yaptığımız şey gerçekleri çarpıtıp kendimizi kandırmak.

Zihnimiz akıl ermeyecek oyunlar oynayabilir. Aslında özel, aile ve sosyal, hatta iş hayatımızda bu çarpıtmalara ihtiyaç duyarız. Sevmediğimiz insanları sevdiğimize; güvenmediklerimizi güvendiğimize inandırırız kendimizi. Çünkü kimse bilincine gelen bu düşünceleri sevmez. Diyelim ki çocukluğunuzda anne ya da babanızla ilişkiniz pek sağlıklı değildi. Büyüdükçe onlara öfkeniz, kızgınlığınız arttı. Kabul edemediğiniz şeyleri bilinçaltına depoladınız. Onlara dair düşünceler bilincinize geldiğinde bunu reddeder ve kendinizi onları ne kadar çok sevdiğinize inandırır durursunuz. Bu, onları sevmediğiniz anlamına gelmez ama gizli öfkenizi de çözümlemeniz gerekir. Burada çözüm şapkayı önümüze koyabilmek, kendimize itiraf edebilmektir.

Ne dersek diyelim kendimizi paketlemeye devam edeceğiz. En azından gerçek düşüncelerimizi akılla çözümlemek, olumsuz etiketleri genellememek ve her düşüncenin zamana göre değişebileceğini bilmek. Mesela, "Şu an paketinde kendin için neler yazıyor?" diye sorsam.

İYİLEŞTİREN SORULAR

İnanın cevapları aradığımız kadar, doğru soruları sormaya cesaret etseydik belki farkındalığımız daha çok artardı. Alışkanlıklar ve ezber zihnimiz buna pek izin vermiyor. Başkalarına rahatça sorabildiğimiz farkındalık sağlayan soruları sizler için toparladım.

Kaç tane olduğundan ziyade her bir soruyu üzerinde derin düşünebilecek kavramlar haline getirmenizi temenni ediyorum. Hatta her gün kitabın bu bölümünü açıp kendinize bir soru seçin. O gün içerisinde sık sık içinizden kendinize sormaya devam edin.

Cevapları dış dünyada olmayan bu iyileştirici soruları şimdilik sizlere emanet ediyorum.

- Güçlü yanların neler?
- Geliştirilmesi gereken yanların neler?
- Yaptığın işi seviyor musun? Zengin olsan aynı işi yapmaya devam eder misin?
- Yarın öleceğini bilsen bugün ne yapardın?
- Zor da gelse atman gereken ilk adım nedir?
- Bugün elinden ne giderse kendini değersiz hissedersin?

- Seninle ilgili hiç kimsenin bilmediği şey nedir?
- Şu an seni mutlu eden en önemli şey ne?
- Vefasızlık ettiğin biri var mı?
- Her şeyi kontrol etmeye çalışmanın sebebini biliyor musun?
- Seni rahatsız eden alışkanlığın ne?
- Ölüm aklına gelince neler düşünüyorsun?
- Sen kimsin?
- Her istediğini yapabilecek imkânın olsaydı, yine de bugün yaptıklarına devam eder miydin?
- Nelere şükredersin?
- Rol modelin kim?
- Gerçekten dinlenebiliyor musun?
- Bu kadar çaba ile nereye varmayı hedefliyorsun?
- Harekete geçmeni engelleyen ne?
- En son kimden özür diledin?
- Evinde fazla eşya ve kıyafet var mı? Ne zamandır kullanmıyorsun?
- Her şeye ve herkese hemen inanır mısın?
- Hangi sözlerini tutamadın?
- Nelere öfkelenirsin?
- Bu dünyaya bir daha aynı şekilde gelmeyeceğini biliyorsun, peki bu sana nasıl hissettiriyor?
- Kimleri ihmal ediyorsun?
- Kendini güvende hissettiğin yer neresi?

- İstemediğin şeylerden kurtulmak için neler yapıyorsun?
- Gün içinde olumlu şeyleri ne kadar düşünürsün?
- Ötekileştirme ile ilgili düşüncelerin neler?
- Dedikodu ile aran nasıl?
- Sofranda fazladan yiyecek var mı? Artanları ne yapıyorsun?
- Gelecekle ilgili en yoğun endişen nedir?
- Sen öldükten sonra arkandan neler söyleyecekler?
- Hızlı yaşarken ertelediğin ilk üç şey ne?
- Kaybedecek neyin var?
- Her şeyini kaybetsen ne olur?
- Seni yaşamda zorlayan korkuların neler?
- Önümüzdeki iki yıl için planların neler?
- İşinden sadece para mı kazanıyorsun? Sana başka neler katıyor?
- Tam da şu an nasıl hissediyorsun?
- Sıkça yaptığın hata nedir?
- Karşında beş yaşında bir çocuk olduğunu düşün. Ona ömrü boyunca tutması gereken hangi öğüdü verirdin?
- Beş sene önceki kendine ne söylemek isterdin?
- Sık sık aynı günü yaşadığını hissediyor musun?
- Günde kaç saatini televizyon ve internete ayırıyorsun?
- Ayda kaç kitap okuyorsun?
- İyi olmak mı? İyi bilinmek mi?
- Yaşama sevincine 1-10 arası puan versen kaç olurdu?
- Hiç huzurevlerini ziyaret ettin mi?

İYİLEŞME İÇİN ÖNERİLER

Serotonin Miktarını Dengelemek

İnsanın mutlu, huzurlu ve güvende hissetmesi yeterli serotonin ile olur. Bu hormonun, olması gerekenin altına düşmesi, azalması huzursuz, negatif ve endişeli olmamıza sebeptir. Bu durum depresyon, anksiyete ve başka birçok sağlık sorununa yol açabilir. Depresiflik, karamsarlık, mutsuzluk, güvensizlik, hatta panik atağa bile sebep olabilir. Serotonin, beyindeki sinyallerin bir bölgeden başka bir bölgeye aktarılmasını sağlar. Azalıp arttıkça ruh halimizi etkiler. Sosyal davranışlarımızı, libidomuzu, uykumuzu, hafızamızı ve öğrenme kabiliyetimizi düzenler. Beynimizdeki kırk milyona yakın hücre serotonin düzeyinden etkilenir. Bunların içinde ruh haline, arzuya, cinsel işleve, iştaha, uykuya, hafızaya, öğrenmeye, vücut ısısına ve bazı sosyal davranışlara bağlantılı hücreler yer alıyor. Serotonin miktarının az olduğunu tespit etmek, önlem almak ve yeniden bu miktarı artırmak açısından önemli. İsteksizlik ve depresyon serotonin azlığına işaret eden en bilinen işaretler olsa da, bunlardan hariç başka şeyler de var. Serotonin azlığına işaret eden semptomlar arasında sık sık sinirlenme, acıya aşırı hassasiyet, aşırı karbonhidrat ihtiyacı ve tüketimi, kabızlık ve sindirim sorunları yer alıyor. Diğer belirtiler; gün ışığından yeterince faydalanmamaya bağlı mutsuzluk, genel anlamda başkalarına bağımlı olma, değersiz hissetme, uykusuzluk, düşük özgüven ve düşük bilişsel fonksiyon.

Biraz daha ayrıntılı bakalım bu belirtilere. Özellikle şehir kalabalığında ve yoğun iş temposu olan arkadaşların sık başına gelen bu durum için acil eylem planları yapmayı öneriyorum. Çünkü yaşam gittikçe bizleri zorlar hale gelmeye başladı. Her yere ve her işe yetişme telaşımız yüzünden kendimizi unutur olduk. Televizyon ve internet reklamlarına bakarsanız, tüm markalar mutsuz olduğumuzun farkında. Ve ağza bal çalmak gibi mutluluk vaatleriyle dolu ürünleri gözümüzün içine sokar durumdalar. Aldıkça, yedikçe, içtikçe, giydikçe mutlu olacağını zanneden insanlar topluluğu haline geldik. Aşağıdaki belirtileri iyice okumanızı istiyorum. Eğer dönemsel de olsa siz de bu belirtileri yaşıyorsanız, çözüm tekniklerini uygulamanızı öneriyorum.

Karbonhidrat Yeme İsteği: Hamburger, çikolata, şekerleme, atıştırmalıklar ve diğer hamur işleri karbonhidrat bakımından oldukça zengindir ve serotonin miktarını doğrudan etkiler. Bu nedenle serotonin miktarı az olan insanlar karbonhidrat zengini bu yiyecekleri sık sık tüketme eğilimindedir.

Bu gıdalar geçici olarak serotonin miktarını artırıp daha

iyi hissetmemizi sağlar. Fakat tükettikten kısa zaman sonra serotonin miktarı yeniden fark edilir şekilde azalır. Bu azalma uyuşukluk, endişe ve depresyon gibi duygular hissedilmesine neden olur.

Uykusuzluk: Serotonin hormonu aynı zamanda melatonin üretimi üzerinde de etkilidir. Serotonin azaldığında, melatonin miktarı da bundan etkilenir. Bu sorun ortaya çıktığında günlük ritme göre uyumak oldukça zorlaşır.

Özellikle uykuya dalma ve deliksiz uyuma bundan olumsuz etkilenir. Fakat uykusuzluk probleminin sadece serotonine bağlı olmadığını da unutmayalım.

Anksiyete: Uzmanlar beyindeki duygusal kontrolden ve isteklerden sorunlu bölgelerde iletici bir kimyasal olan serotonin miktarının endişeli insanlarda daha az olduğunu keşfetti. Bazı insanlar genetik olarak az serotonin üretmeye yatkın olsa da anksiyetenin tek nedeni bu önemli hormonun az üretilmesi değil.

Zihinsel Fonksiyon Azalması: Bu hormon zihinsel fonksiyonlar için önem taşıyan bir kimyasaldır. Yeterli miktarda serotoninin zihinsel yetenekleri geliştirdiğini, sınırlı zihinsel fonksiyonları ise pekiştirdiğini gösterdi.

En belirgin etkisi hafıza üzerindedir. Kimyasal azaldıkça hafıza problemleri çıkmaktadır.

Sindirim Sorunları: Vücutta bulunan serotoninin yüzde 95'i bağırsaklarda üretilir. Bağırsaklardaki serotonin beyne ulaşamayacağı için, beyinsel işlevlerde görev alacak serotoninin beyinde üretilmiş olması gerekir. İştah ve sindirim üzerindeki etkisini zaten biliyoruz.

Halsizlik ve Yorgunluk: Serotonin enerji üretiminde büyük rol oynar. Kronik halsizlik yaşayan bazı insanlarda yetersiz serotonin olduğu gözlemlenmiştir. Öte yandan bu eksik giderildiği takdirde bu kişilerde kayda değer bir gelişim olduğu tespit edilmiştir.

Libido Değişimi: Bu kimyasal cinsel arzuyu da etkiliyor. Bu kimyasalın az bulunması cinsel arzuyu azaltabiliyor. Başka insanlarla duygusal ilişki kurabilme kabiliyetini olumsuz etkiliyor.

Serotonin Seviyesi Azalmışsa Ne Yapmalı?

Serotonin seviyesini ilaç kullanmadan yükseltmek mümkün.

• Sizi eğlendirecek egzersizler yapın.

• Triptofan açısından zengin, protein ağırlıklı besinler tercih edin.

• Sebze, kuru meyveler, baklagiller ve diğer tahılları tüketerek beynin triptofanı işlemek için ihtiyaç duyduğu şekeri karşılayabilirsiniz.

• Yağ ve basit şeker içeren gıdalardan uzak durun.

- Omega 3 açısından zengin besinler tercih edin.
- Kafeini azaltın.
- Uykunuzu alın.
- B6 vitamini almaya çalışın.
- Açık havada gezin, güneş ışığı ihtiyacınızı giderin.
- Sabit duruş egzersizleri yapın.

İyileşmeyi Etkileyen Faktörler

- Problemi kabul etme
- Kendini yaşadığı problemlerden ayrı tanımlama
- Belirtilerini, etkilerini yönetme
- Öncelikleri düzenleme
- Potansiyel güce ve değişime odaklanma
- Deneyimleri yakın biriyle paylaşma
- Umut
- Kaliteli yaşam
- İstikrarlı olma
- Samimiyet
- Yakın çevrenin desteği
- Manevi güç
- İlim, bilgi, eğitim

Yukarıdaki maddeler adım adım hayatımızda bizimle olmalı. Az ya da çok her birimizin zor bir yanı, eksikliği, problemi var. Hatta birçoğumuzda psikolojik problemler var. Ne olursa olsun kendi benliğimizi yaşadığımız problemlerden ayrı tutarak sürece başlamalıyız. Bu maddeleri en özel alanınıza yazıp saklamanızı öneririm. Ne zaman başınız sıkışır, baş edemez hale gelirseniz açıp okuyun lütfen.

Tam tersini düşünelim. Peki iyileşmemizi, dönüşmemizi engelleyen düşünceler nedir?

- Olumsuz benlik algısı
- Kendini suçlama
- Kendini sevmeme
- Geçmiş çıkmazları
- Stres
- Önyargı
- Ayrımcılık

Lütfen bu olumsuz maddeleri olumlu bir şekilde okuyalım. Şu an kimse yok. Tekiz, en azından kendimize itiraf edelim.

İyileşme Defteri

Dertsiz tasasız insan yoktur. Zaman zaman hepimiz hayatımızın belli dönemlerinde, belli sıkıntılarla baş etmek zorunda kalırız. Bazı acılar zor geçebilir, zor unutulur ve çoğu insanda anksiyete, kaygı bozukluğu, depresyon gibi ruhsal problemlere yol açabilir. İyileşme defteri sizi yoran duygularla baş edebilmek için harika bir yöntem olabilir. Türk insanının en zor yaptığı şey duygularını doğru bir şekilde ifade edebilmek. Davranışsal olarak, sözel olarak ifade edilmemiş olumsuz duygular zamanla yaşama sevinci ile aramıza kalın duvarlar örüyor.

Öncelikle kendinize kalın, yazımı kolay bir defter alın. İhtiyacınız defter ve kalem. Yazmak için gerekli ortam ise sakin ve rahat olmalı.

1- Olumlu anları yazın.

Bu bölümde o gün içinde yaşadığımız olumlu şeyleri yazacağız. Her sabah uyandığımızda, akşama kadar deneyimlenen olumlu anlara dikkat edelim. Akşamları uyumadan önce hatırlamaya çalışıp defterimize yazalım. İnanın hatırlayıp yazdıkça kendinizi iyi hissedeceksiniz.

2- Düşüncelerinizi düzenleyin.

O an içinde zihninizde olan tüm düşünceleri yazın. Mantıklı mantıksız fark etmez. Olduğu gibi aktararak yazın. Farkında olmadan duygularınız düşüncelerinize düzen getirecektir.

3- Olumsuzları dökün.

Sizi yoran, üzen ve sürekli sizinle gelen olumsuz ne varsa yazın. Yazdıkça omuzlarınızdan bu olumsuzlukların teker teker düştüğünü hissedeceksiniz.

4- Hedef anayasası hazırlayın.

İsteklerimiz ve hedeflerimiz farklıdır. Her şeyi isteyebilir ama her şeyi hedefleyemeyiz. Ulaşılabilmesi olası olan hedeflerinizi tek tek yazın. Bunları yazarken görsel hafızanızı kullanın.

Zaman tasarımınızı yapın. Nasıl yol alabileceğinize odaklanın. Her hedef için strateji notları alın. Hedefleriniz için ihtiyacınız olan şeyleri düşünün.

5- Önemli ve acil listesi yapın.

Bu bölümde odaklanmamız gereken şeyler biraz farklı. Genelde günlük hayatımızda yaptığımız aciliyeti olmayan birçok gereksiz şey olabiliyor. Birazcık da hayır diyememe sorunumuz varsa zaman kullanımı sürecinde yüklerimiz artabiliyor.

Yapılması gerekenleri yazın. Hangisi acil, hangisi ertelenebilir diye not edin. "Önemli ve acil olanlar" ile "Daha az önemli, ertenebilir olanlar" listeleri yapın. Göreceksiniz ki çok şeyin arkasında abartı beklenti, gereksiz evetler var. Bu, iyi hissetmeniz için çok etkili bir maddedir.

Duygular ve Sebep Olduğu Hastalıklar

Ah şu bir şey olmaz diyerek ertelediğimiz, ifade edip dışavuramadığımız duygular. Nasıl da birikip birikip çıkıyorlar yerlerden. Duygularımız gözle görülmez, soyuttur, sadece davranışlarımızla belli ederiz onları. Ruhsal yoldan bizi etkileyen olumsuz duyguları bastırmadığımızda, çözümlemediğimizde bedenimizi etki altına alırlar. Her duygunun hedef organı farklıdır. Soyut olan duygular zamanla somutlaşır ve organlarımıza sinsi sinsi zarar vermeye başlar. İstenmeyen sonuçlar yaşadığımız zaman, yani bedende problem çıktığında doktora koşmaya başlarız. Bizim insanımız ilacı sever. Duyguları önemsemez, bedenine vurduğu zaman ciddiye alır. Tabii ki bu bedene yansıma anlık da olabilir. Zamanla yayılarak büyük problemlere sebep olur.

Bu bölümde hangi duygunun hangi organa zarar verdiğini ve bilişsel olarak hangi cümle kalıplarını kullanmamız gerektiğini sizlerle paylaşıyorum. Ama tabii ki bu olumlamalarla yetinmemeli, sağlıklı yaşamak adına kendimize zaman ayırmalıyız. Düzenli egzersiz, spor, beslenme, kişisel gelişim vb süreçlerin toplamına dikkat etmeliyiz. En yaygın olumsuz düşünce kalıpları, eleştiri, öfke, kırgınlık ve suçluluktur.

Alzheimer: Dünyayı olduğu gibi kabul etmemek, çaresizlik ve yetersizlik, yoğun öfke.

"Yaşamı deneyimlemenin benim için her zaman yeni ve daha iyi bir yolu vardır. Geçmişi bağışlıyor ve özgür bırakıyorum."

Anksiyete: Yaşamın akışına ve gidişine güvenmemek.

"Kendimi seviyor ve onaylıyorum. Yaşamın akışına güveniyorum."

Asabiyet: Korku, kaygı, mücadele, acelecilik. Yaşamın akışına güvenmemek.

"Sonsuzluğun içinde yolculuk yapıyorum ve her şeye zamanım olduğunu biliyorum. Yüreğimle iletişim kuruyorum, her şey yolunda."

Astım: Aşırı ve baskıcı sevgi. Soluk almayı kendine hak görmemek. Boğulmuşluk duygusu, bastırılmış gözyaşı.

"Yaşamda neşeyle yürüyorum."

Ayak sorunları: Gelecekten ve yaşamda ilerleyememekten korkmak.

"Yaşamanın sorumluluğunu artık güvenle üstlenebilirim. Özgür olmayı seçiyorum."

Baş ağrıları: Değersizlik duygusu, özeleştiri. Korku.

"Kendimi seviyor ve onaylıyorum, kendime ve yaptıklarıma sevginin gözleriyle bakıyorum. Güvendeyim."

Boyun sorunları: Sorunun diğer yanlarını görmeyi yadsımak, inatçılık, esnek olmamak.

"Konuları kolaylıkla ve esneklikle her açıdan görüp değerlendirebiliyorum. Bir şeyi gerçekleştirmenin binlerce yolu var, güvendeyim."

Depresyon: Sahip olma hakkını kendine hissetmekten ötürü kaynaklanan öfke, çaresizlik.

"Başkalarının korkularının ve sınırlamalarının ötesine geçiyorum. Yaşamımı kendim oluşturuyorum."

Dirsek sorunları: Dirsek yön değiştirmeyi ve yeni deneyimleri benimsememeyi simgeler.

"Yeni deneyimlere, yeni yönlere ve yeni değişikliklere kolayca uyum sağlıyorum."

Diz sorunları: İnatçı özgüven, gurur. Esnek davranmamak, uzlaşmama, ödün vermeme.

"Bağışlıyorum. Anlayış gösteriyorum. Şefkat gösteriyorum. Esnek bir insanım. Her şey yolunda."

Egzama: Aşırı kin, zihinsel patlama.

"İçim ve çevrem, uyum, barış, sevgi ve hazla dolu. Güvendeyim."

Gastrit: Uzun süreli kararsızlık. Her şeyin kötü gideceğine ilişkin duygu.

"Kendimi seviyor ve onaylıyorum."

Guatr: Cezalandırılmaktan nefret etmek. Kurban rolüne bürünmek. Kendisini eksik ve engellenmiş hissetmek.

"Yaşamın mutlak gücü ve otoritesi benim. Kendim olmaya özgürüm."

Hipertiroid: Bir kenarda bırakılmanın getirdiği yoğun öfke.

"Yaşamın merkeziyim, kendimi onaylıyorum."

Hipoglisemi: Yaşamın yükü altında ezilmek, "Ne yararı var ki" düşüncesi.

"Yaşamı hafif, kolay ve neşe dolu hale getirmeyi seçiyorum."

Kabızlık: Eski düşüncelerden vazgeçmeyi reddetmek, geçmişten kopamamak ve cimrilik.

"Kendimi geçmişten kurtarırken, yenilik, tazelik ve canlılık tüm varlığımı kaplıyor. Yaşamın içimden akmasına izin veriyorum."

Kanser: Derin acı, uzun süreden beri var olan kırgınlık, Açıklanamayan sır ya da hüzün. Bedeni yer, bitirir. Yoğun nefret duyguları.

"Geçmişle ilgili her şeyi sevgiyle bağışlıyorum. Yaşamımı mutluluk ve neşeyle doldurmayı seviyorum. Kendimi seviyor ve onaylıyorum."

Karaciğer: Öfke ve ilkel duyguların merkezi.

"Sevgi, huzur ve neşenin tadını çıkarıyorum."

Kurdeşen: Küçük gizli korkular. Pireyi deve yapmak.

"Yaşamımın her köşesine sevgi ve barış getiriyorum."

Mide: Beslenmeyi simgeler, düşünceleri, fikirleri sindirir.

"Yaşamı kolaylıkla içime sindiriyorum."

Ülser: Korku. İyi ve yeterli olmama inancı. Başkalarını memnun etme telaşı ve kaygısı.

"Kendimi seviyor ve onaylıyorum. Kendimle barışığım."

Tırnak yeme: Çaresizlik, kendini yemek. Ebeveyne öfkelenmek. Büyümeyi seçiyorum.

"Artık kendi yaşantımı neşe ile kolayca idare edebiliyorum."

Uykusuzluk: Korku ve yaşamın akışına güvenmemek, suçluluk.

"Günü sevecen bir şekilde bitiriyor ve yarının yeni bir gün olacağına inanarak huzur dolu bir uykuya dalıyorum."

Kaygılardan Kurtul

Öyle bir zamanda yaşıyoruz ki, şüphe, kaygı ve endişeler çoğumuzun huyu haline geldi. Bu huy uzun zamanda bizde oluşan ve çaresizlik hissettiren olumsuz bir duygu durumudur. Sadece kendi iç dünyamızdan ve geçmişimizden değil, ülkemizde yaşanan her türlü sıkıntıdan da kaynaklanıyor olabilir. Ekonomik, siyasal, sosyal problemler, haberler, şiddet, tecavüz, savaş cinayet vb sıkça karşılaştığımız uyarıcılar artık sağlıklı insanlar için bile baş edilmesi zor süreçler oluşturdu.

Hayatta ne olursa olsun baş etmeyi öğrenmeliyiz. Bazen zor bazen kolay da olsa, şimdilerde kendimize yapacağımız en büyük iyilik sağlıklı olmak. Yaşadığımız ortamda, ülkede, ailede, işyerinde güvensizlik arttıkça kaygılarımız da artıyor. Bu durum karar verme becerilerimizi de sekteye uğratıyor. Ne önemli ne önemsiz karıştırır olduk, ertelenen ve tüketilen şeyler değerli oldu. Ve içinden çıkamadığımız bir kaosa sürüklenir olduk. Kaygısız ve endişesiz insan yoktur, azı iyidir ve yaşamda tutar ama artarsa yaşamdan atar. Şimdi defter ve kalemlerinizi hazırlayın, hayatınızın en ciddi işiymiş gibi bir hazırlık yapmanızı öneriyorum. Siz her şeyden ve olacak her olaydan daha değerlisiniz.

1- Yapacaklarınıza tarih koyup detay verin.

Çok erteleyen bir yapınız varsa bu sizi eylemsiz ve kararsız yapar. Zamanla her şeyden vazgeçersiniz, verdiğiniz kararları ve hangi tarihte yapacağınızı yazın, iyice detaylandırın; ne zaman, nerede, nasıl yapacağınızı kısa cümlelerle belirleyin. Siz yazdıkça zihniniz rahatlayacak.

2- Harekete geçin!

Sadece kararlarınızı değil onlarla birlikte kaygılarınızı da erteleyip biriktirirsiniz. Ne kadar zor gözükse de, acı verse de.

Faiz gibidir, erteledikçe artar. Bir an önce plan yapın, en basitinden en zoruna doğru. Eyleme geçin. Her şeyi bir anda değil, adım adım yapın. Uzun süreli hareketsizlik insanın çabuk alıştığı bir tembelliktir. Hiçbir şey yapamıyorsanız her gün yürüyün. Bu bile eninde sonunda sizi yola sokacaktır.

3- Önemli mi, önemsiz mi?

Her şeyin üzerinde çok fazla düşünmek zamanla önemsiz şeyler için çok fazla düşünmeyi getirir ve bir süre sonra en basit şeyler bile zor gelmeye başlar. Haftalık planlar yapabilirsiniz. Bu hafta önemli olan ne? Sadece bunlara odaklanmayla başlamak size yardımcı olacaktır.

4- Bazen stop!

Her zaman mantıklı, doğru ve rasyonel olamazsınız. Her karar ve eylem doğru olmak zorunda değil. Kendinize bazı şeyler üzerine mantıklı düşünmemeye izin verin. "Şimdi değil" demeyi de öğrenmemiz gerekir. Bazen en doğru karar ertelenip zamanı beklenendir.

5- Daha az mücadele!

Her şeyi yönetemez, her şeye müdahale edemez ve her olayı kontrol edemeyiz. İstediğimiz kadar artısını eksisini düşünsek de elimizde olmayan bir akış vardır. Bazen doğru zamanda doğru şekilde alınmış kararları bile dış etkenler şekillendirir. Her şeyin bir ilişkisi vardır, sonuçlardan ziyade sebepler kıymetlidir. Elimizde olmayan süreçlerin sorumluluğunu almak ekstra kaygı ve suçluluk duygusunu artırır. Biraz rahat olmak, esnek olmak ve oluruna bırakmak, yani teslim olmak en doğru yoldur.

6- Uyku

Kaygılarımız arttıkça, uykularımız da sağlıksız ve düzensiz oluyor. Uykumuzun problemli olması zamanla normal olayları da olumsuz karşılamamıza neden olabilir. Hiçbir şekilde uykunuzu ertelemeyin. Bazen hiçbir şey yapmadan uykuyu düzene sokmak, hayatın düzene girmesini sağlayabilir. Uyumadan önce odayı sessiz hale getirin, kitap okuyun, egzersiz yapın, su için. Uykunuz gelince yatağa girin, yatakta uyku beklenmez. Erken kalkmayı alışkanlık haline getirebilmeliyiz. Sabahın erken saatlerinde kaygı ve endişelerimiz doğası gereği az olur. Tüm maddeler üzerine iyice yoğunlaşıp alışkanlık haline getirebilmeliyiz.

Faydası olan şeyler hemen sonuç vermez. Siz yaptıkça zor gözükür. Vazgeçmeniz için bir sürü engel çıkar. Devam edip mücadele ettikçe zamanla oturmaya başlar. Bunun için de tam bir samimiyet gerekir. O zaman soralım kendimize:

Ne kadar samimiyiz iyileşmek için?

KİŞİLİK TESTİ 1

1) Çok kalabalık bir lokantada, sipariş vermek için bekliyorsunuz. Fakat garson sizi 15 dakikadır görmüyor.

a) Garsona seslenerek el sallar, dikkatini çekmeye çalışırsınız.

b) Bir daha yanınızdan geçtiğinde nazikçe gülümser ve kibarca artık sipariş vermek istediğinizi söylersiniz.

c) Beklemeye devam edersiniz. Nasıl olsa bir ara sizi görüp gelecektir.

2) Haksızlık...

a) ... sert bir biçimde cezalandırılmalıdır.

b) ... değiştirilemez, en mantıklısı göz yummaktır.

c) ... karşısında elinizden hiçbir şey gelmez.

3) Çok keyifsiz bir gününüzdesiniz...

a) Sinirinizi gizlemeye çalışmaz, neye sinirlendiyseniz belli edersiniz. Böylece keyfiniz tekrar yerine gelir.

b) Sıkıntınızı sadece yakın arkadaşlarınızla paylaşırsınız. Neşeli halinize geri dönmeniz biraz uzun sürebilir.

c) Kendi kendinizi dinler, keyfinizi kaçıranın ne olduğunu çözersiniz. Keyfiniz zaten çok çabuk yerine gelir.

4) En samimi kız arkadaşınız kuaförde saçlarını yaptırmış, fakat çok kötü görünüyor. Ona ne dersiniz?

a) "Kuaföre mi gittin? Çok hoş olmuş" diyerek arkadaşınızın moralini bozmamaya çalışırsınız, nasılsa olan olmuştur.

b) "Hâlâ en yakın arkadaşımsın" diyerek, hoş bir şekilde beğenmediğinizi anlatırsınız.

c) "Eski saçların daha güzeldi" deyip net bir şekilde beğenmediğinizi ona söylersiniz.

5) Dostane ama sizi sürekli lafa tutan komşunuz, çok aceleniz varken size merdivenlerde rastlarsa...

a) Onu sabırla dinler, lafını kesmezsiniz. Elbet bir ara diyecekleri bitecektir.

b) Kibarca çok aceleniz olduğunu söyler, hızlı adımlarla uzaklaşırsınız.

c) Konuşmayı çabucak bitirmesi için kestirme laflarla cevap verir, sizi lafa tutup engellediğini tavırlarınızla belli edersiniz.

6) Kayınvalideniz yaş gününüzde size çok zevksiz bir kazak hediye etti...

a) Mutlaka teşekkür edersiniz, ama kazağınız dolabınızın en alt çekmecesinde yerini alır.

b) Hemen içine bakıp değiştirme kartı olup olmadığını kontrol edersiniz.

c) Kayınvalidenizin sizin zevkinizi hâlâ anlamamış olması canınızı sıkar ve gecenin ilerleyen saatlerinde bunu kendinize dert edersiniz.

7) Mutfakta başarılı olmamanıza karşın kek yaptınız...

a) Kimse yaptığım kek hakkında yorum yapmaz.

b) Gülümseyerek inatla insanların kekimi nasıl bulduklarını sorarım.

c) İkram etmeden önce keki denemek için yaptığımı mutlaka söylerim ve yanında pastaneden aldığım kurabiyeleri de koyarım.

8) Bir lokantaya giriyorsunuz ve yanınızdaki çiftin insanlara bakarak fısır fısır konuştuklarını fark ediyorsunuz...

a) Sinir olurum, başkaları hakkında böyle alenen konuşan insanlardan hiç hoşlanmam.

b) Bir şey düşünmem!

c) Çok şeker bir çift olduklarını ve birbirlerini yeni tanıyan heyecanlı âşıklar olduklarını düşünürüm.

9) Sabah koşu yaparken, sizden çok daha genç olan iş arkadaşınızla karşılaşıyorsunuz ve o gülümseyerek sizi hızlıca geçiyor.

a) Kalan tüm gücünüzü toplar, siz de onu geçersiniz.

b) Siz de ona nazikçe gülümsersiniz, sporda hızlı olması sizden daha formda ve daha ince olduğunu göstermez.

c) Temponuzu hiç bozmazsınız, yavaş olmak hiç sorun değilmiş gibi davranırsınız.

10) Girdiğiniz mağazada tatlı dilli bir tezgâhtar size çok yüksek fiyatlı bir pantolonu satmaya uğraşıyor.

a) "Bir daha bu dünyaya ne zaman geleceğim" diye düşünür, pantolonu tereddüt etmeden alırsınız.

b) Paranıza kıyamaz ve mağazadan çıkarsınız.

c) Tezgâhtara tekrar düşüneceğinizi söyler, evinizin yolunu tutarsınız.

11) Patavatsızlık yapıp, birilerini kırdığınız oluyor mu?

a) Elbette, çok sık oluyor.

b) Hayır, asla kırmam, çok dikkatli davranırım.

c) Nadiren olur ama bunu asla kasten yapmam.

12) İnsanlara iltifat etmeyi sever misiniz?

a) İltifat etmesini de almasını da çok severim.

b) Eğer gerçekten öyle düşünüyorsam söylerim, iltifat olsun diye değil.

c) Evet, ara sıra iltifat ederim, herkes biraz övgü duymak ister.

PUANLAMA

	a	b	c
1)	5	2	1
2)	6	2	1
3)	6	3	1
4)	1	2	4
5)	1	6	3
6)	2	5	0
7)	1	5	2
8)	7	0	3
9)	7	3	1
10)	3	6	0
11)	6	2	1
12)	5	3	1

DEĞERLENDİRME

9-25 puan arası

Kesinlikle çevrenizle çok uyumlu birisiniz. İnsanlarla rahat iletişim kurmak, yanlarında kendinizi huzurlu hissetmek sizin için son derece önemli.

Dikkat etmeniz gerekenler: Tüm gücünüzü insanlara ayırmayın, kendinizle ilgilenmek için de zaman yaratın. Seveceğiniz bir kitap, güzel köpüklü bir banyo ya da bir doğa yürüyüşü... Tüm bunlar biraz rahatlayıp kendinizle baş başa kalmanızı sağlayacaktır.

26-46 puan arası

Sempatik bir görüntünün, tüm kapıları açan bir anahtar olduğunun farkındasınız. Çevrenizle ilişkilerinizde kendinize fazlasıyla güveniyorsunuz ve beceriklisiniz.

Dikkat etmeniz gerekenler: Düzgün davranmaya o kadar uğraşıyorsunuz ki, içinizdeki "ben" bir türlü dışa çıkamıyor. Ara sıra taşkınlıktan çekinmeyin. İçinizdeki "ben"i dışarıya çıkarın, gerçekten neyi arzuluyorsanız onu yapın ve birileri sizi daha az sevecek diye endişelenmeyin.

47-68 puan arası

İçiniz dışınız bir. Hiç kimse görüş ve düşünceleriniz konusunda ikilemde kalmıyor. Zaten siz de ikilemde kalmayı, kimsenin işi ikircikli bırakmasını istemiyorsunuz.

Dikkat etmeniz gerekenler: Ara sıra zayıf yönünüzü göstermenin bir zararı dokunmaz. Bazen çekilin bir kenara ve kendinize biraz soluk alma fırsatı tanıyın. Hem böylece başkaları siz olmadan da bir şeyler yapmaya çalışacaktır.

KİŞİLİK TESTİ 2

1) Kendinizi en iyi hissettiğiniz zaman hangisidir?

a) Sabahları

b) Öğleden sonra ve akşamüstü

c) Gece yarısı

2) Genelde nasıl yürürsünüz?

a) Uzun adımlarla, hızlıca

b) Kısa adımlarla, hızlıca

c) Kafa yukarıda, yavaşça

d) Kafa aşağıda, yavaşça

e) Çok yavaş

3) İnsanlarla konuşurken...

a) Kollarınızı bağlarsınız

b) Ellerinizi yumru haline getirirsiniz

c) Bir veya iki eliniz baldırınızda veya cebinizde olur

d) Konuştuğunuz insana dokunursunuz

e) Kulağınızla oynar, çenenize dokunur, saçlarınızı okşarsınız

4) Dinlenirken...

a) Ayaklarınız dizlerinizden kırılmış yan yana halde oturursunuz

b) Bacak bacak üstüne atıp oturursunuz

c) Bacaklarınızı uzatıp oturursunuz

d) Bir ayağınızla bağdaş kurarak oturursunuz

5) Bir şey sizi gerçekten eğlendirdiğinde reaksiyonunuz...

a) Büyük bir kahkaha olur

b) Daha sessiz bir kahkaha olur

c) Kibar bir kahkaha olur

d) Naif bir gülümseme olur

6) Bir partiye veya sosyal ortama girdiğinizde..

a) Herkesin sizi fark edeceği şekilde sesli bir giriş yaparsınız

b) Sessiz bir giriş yapıp, etrafta bir tanıdık ararsınız

c) Çok sessiz bir giriş yapıp, fark edilmemeye çalışırsınız

7) Çok yoğun olarak çalıştığınız veya bir şeye konsantre olduğunuz bir anda bir dış etken tarafından dikkatiniz dağıtılırsa...

a) Anlayışla karşılarsınız

b) Çok rahatsız hissedersiniz
c) İki uç arasında gidip gelirsiniz

8) Aşağıdaki renklerden hangisini en çok seversiniz?

a) Kırmızı veya portakal rengi
b) Siyah
c) Sarı veya açık mavi
d) Yeşil
e) Koyu mavi veya mor
f) Beyaz
g) Kahverengi veya gri

9) Akşam yataktayken ve uykuya dalacağınız o son anlarda...

a) Sırtüstü gerilip yatarsınız
b) Yüzüstü yatarsınız
c) Bir yanınıza dönüp yatarsınız
d) Bir kolunuzun üzerine yatarsınız
e) Kafanız yastık/yorganın altında yatarsınız

10) Genellikle rüyanızda...

a) düştüğünüzü görürsünüz
b) kavga ettiğinizi görürsünüz
c) birini veya bir şeyi ararsınız

d) uçarsınız veya yüzersiniz

e) genellikle rüya görmezsiniz

f) rüyalarınız hep iyi rüyalardır

PUANLAR

1. (a) 2 (b) 4 (c) 6
2. (a) 6 (b) 4 (c) 7 (d) 2 (e) 1
3. (a) 4 (b) 2 (c) 5 (d) 7 (e) 6
4. (a) 4 (b) 6 (c) 2 (d) 1
5. (a) 6 (b) 4 (c) 3 (d) 5
6. (a) 6 (b) 4 (c) 2
7. (a) 6 (b) 2 (c) 4
8. (a) 6 (b) 7 (c) 5 (d)4 (e) 3 (f) 2 (g) 1
9. (a) 7 (b) 6 (c) 4 (d) 2 (e) 1
10. (a) 4 (b) 2 (c) 3 (d) 5 (e) 6 (f) 1

Şimdi toplam puanınızı hesaplayın.

60 Puan Üstü

İnsanlar sizi dikkatli yaklaşılacak biri olarak görüyor. Kibirli, benmerkezci ve otoriter biri olarak biliniyorsunuz. İnsanlar size hayranlık duyabilir ve sizin gibi olmak isteyebilir fakat size her zaman güvenmezler ve sizinle içten bir ilişki kurma konusunda tereddüt ederler...

51-60 Arası

İnsanlar sizi heyecan verici, havalı, etkin bir kişiliği olan, doğal bir lider, her zaman en doğrusu olmasa da çabuk karar alabilen biri olarak görüyor. Sizi her şeyi en az bir kez denemek isteyecek, risk alan, cesur ve maceraperest biri olarak görüyorlar. Yaydığınız bu elektrik yüzünden sizinle birlikte olmaktan hoşlanıyorlar...

41-50 Arası

İnsanlar sizi canlı, güler yüzlü, eğlenceli, pratik, ilgi çekici, her zaman ilgi odağı olan ama her zaman dengeli biri olarak görüyor. Bunların yanında nazik, düşünceli, anlayışlı ve onları her zaman neşelendiren ve yardımcı olmaya çalışan biri olarak görüyorlar.

31-40 Arası

İnsanlar sizi duyarlı, temkinli, dikkatli ve pratik biri olarak görüyor. Akıllı, yetenekli, ama mütevazı biri olduğunuzu düşünüyorlar. Çok çabuk arkadaş edinen biri değilsiniz fakat olan arkadaşlarınıza çok bağlı olan ve aynı bağlılığı karşıdan da bekleyen birisiniz. Sizi iyi tanıma şansına sahip olan biri, arkadaşlarınıza olan güveninizi kırmanın çok zor olduğunu ama bu güven kırıldığında da tamirinin eşit derecede zor olduğunu görür.

21-30 Arası

Arkadaşlarınız sizi haddinden fazla titiz biri olarak görüyor. Çok temkinli, dikkatli ve ağır adımlarla yürüyen biri olduğunuzu düşünüyorlar. Tepkisel olarak ani reaksiyon vermeniz onları çok şaşırtır çünkü beklentileri sizin her şeyi tüm açılardan dikkatlice değerlendirip sonra genelde karşıt bir karar vermenizdir. Bu reaksiyonun kısmen sizin temkinli doğanızdan kaynaklandığını düşünürler.

21 Puan Altı

İnsanlar sizi utangaç, sinirli, kararsız, arkasının toplanmasına ihtiyaç duyan, hiçbir sorumluluk almak istemeyen ve kararları hep başkalarına bırakan biri olarak görüyor. Kendi kendinize hiç yoktan üzüntüler yaratan birisiniz. Bazı insanlar sizi sıkıcı buluyor. Sadece sizi çok iyi tanıyan kişiler sıkıcı biri olmadığınızı biliyor.

ÖYLESİNE YAPTIĞINIZ KARALAMALAR NE ANLAMA GELİYOR?

Birçok kişi, telefonda konuşurken veya birisini beklerken bir parça kâğıt alıp bir şeyler karalamaya başlar. Farkında olmadan yapılan bu karalamalardan bazıları sık sık tekrarlanan parçalara dönüşürler ve siz her fırsat bulduğunuzda bu parçaları tekrar tekrar çizersiniz.

Bu karalamalar tam olarak kim olduğumuzu söyleyemese de bilinçsizce ifade ettiğimiz bazı kişilik özelliklerimizi gösterebilirler. Bazı şekilleri diğerlerine yeğliyoruz çünkü onlar algımızda oluşan bize ait en belirgin olguların yansımaları oluyor.

"Bilinçli bir şekilde yapılan yazma eylemi, bilinçsizce çizilen bir öz portreyle aynı şeydir."

– Max Pulver

Öylesine yapılan karalamalar ile sık sık tekrarlanan karalamaları birbirinden ayırt etmek zorundayız. Öylesine yapılan karalamalar birkaç kez yapılır ve sonra yeniden tekrarlanmaz.

Sıkça tekrarlanan karalamalar ise en sevdiklerimizdir, önümüzde bir kâğıt varken yapmaktan kendimizi alamayacağımız karalamalardır. Hakkınızda bilmediğiniz şeylere işaret eden karalamalar işte tam olarak bunlardır.

Farkında Olmadan Yapılan Karalamalar

Bu bilinçsizce yapılan karalamaları oluşturan çizgilerin şekli, çizerken kalemle uygulanan basıncı ve düzeni, belirli karakter özelliklerine ya da açığa çıkmamış duygulara işaret edebilir. Temel anlamlar şunlardır:

Geometrik çizgiler: Basit geometrik şekilleri (üçgenler, kareler, dikdörtgenler vb) ifade eder. Süsleme veya dolgu maddesi yoksa, kişi muhtemelen duygularını bastırmış ve her şeyi mantığıyla yürütmeye çalışmaktadır. Eğer şekillerde gölgeler varsa, bu o kişinin inançlarını sorgulama evresinde olduğunun göstergesidir. Bazı bölümler tamamen beyaz ve diğerleri tamamen siyahsa, bu, kişinin şüpheleri olduğunu gösterir.

Sertçe veya kâğıda bastırılarak çizilen çizgiler: Çizgi çok fazla basınçla çizildiğinde ya da kişi mükemmel bir şekilde çizmeye çalıştığında, bu durum kişinin endişeli olduğunu, aşırı derecede sorunlarına yoğunlaştığını ve takıntılı olma eğiliminde olduğunu ortaya koymaktadır. Bastırılmış öfke veya saldırganlık duyguları da tanımlanamamış olabilir. Eğer çizgi neredeyse kâğıdı yırtıyorsa, o kişi şiddete eğilimli demektir.

Düzensiz veya zikzak çizgiler: Eğer çizgiler kesik kesik veya zikzak şeklindeyse bu fevriliği yansıtır. Bu insanlar gerginliklerini içlerinde biriktirir ve daha sonra uygun olmayan bir zamanda serbest bırakırlar. Genel olarak, bu insanlar duygulara çok fazla önem veren tutkulu insanlardır.

Farkında Olmadan Yapılan Karalamaların Şekilleri

Bu karalamaların şekilleri, aynı zamanda onlara ilham veren bilinçdışı duyguları veya algıları da gösteriyor olabilir. Bu çizimleri uygun bir şekilde inceleyenler hem çizilen çizgileri hem de aldıkları şekilleri inceleyecektir. Çizim türüne göre başlıca anlamların bazıları şunlardır:

Oklar: Oklar genellikle agresif bir bileşeni ortaya çıkarır. Bununla, hızlı hareket etme eğiliminde olan dinamik ve fevri insanlar demek istiyoruz. Oklar soldan sağa doğru giderse, başkalarına yönelik saldırganlığı yansıtır. Eğer sağdan sola doğru giderse saldırganlık kişinin kendisine yönelik demektir. Eğri olan oklar ise enerjilerini belirli bir hedefe doğru yönlendirmeyi bilen insanlara işaret eder.

Spiraller: Spiraller gerçekten benmerkezci olanlara karşılık gelir ve bu nedenle bu insanların kendi çıkarları ile doğrudan ilgili olmadıkça bir şeyle ilgilenmelerinin çok zor olduğuna işaret eder. Sol tarafta biten spiraller, kişinin geçmişte yüzleşemediği çok fazla yükün olduğunu göstermektedir. Sağ tarafta biterse, kişinin yalnızlıktan korktuğuna, bu nedenle de kendi sınırlarından kurtulabilmek için topluma karşı duyduğu yoğun ihtiyaca karşılık gelir.

Yıldızlar ve çarpılar: Yıldız çizmeyi sevenler, sosyal çevrelerinde ilgi odağı olmaya büyük ihtiyaç duyarlar. Fakat yıldızların birçok ucu varsa ve ortası boşsa, bu, depresyon ve melankoliyi gösterir. Haçlar, aşırı miktarda suçluluk duyan veya omuzlarında çok yük taşıyan insanlara işarettir.

İnsanlar: İnsan çizmek, kişinin diğer insanlara karşı savunmasız hissettiğine veya sorumluluklarını yerine getiremediğini düşündüğüne bir işarettir. Bu durum özellikle çizimler çok küçükse geçerlidir. Çizimler çok şematik, sopa figürleri gibi olduğunda ise, bu, büyük bir güvensizlik hissi, başkalarına yaklaşma korkusu ve kendini kapatma gerekliliğini yansıtır.

AĞAÇ TESTİ

Karl Koch'un Ağaç Testi, kişiliğimizin yanı sıra temeldeki duygusal evrenimizin ilginç bir projektif testidir. Kullanımı kolay olduğu için, çocuklarda bunu yapmak yaygındır. Ancak, kendimizi biraz daha iyi tanımak için çok eğlenceli bir öz analiz aracıdır.

Ağaç Testi, Baum Testi olarak da bilinir. 1950'lerde Karl Koch adında bir psikolog tarafından geliştirildi. Üzerinden epey zaman geçmesine rağmen hâlâ sık kullanılıyor. Bu test bir çocuktan ya da yetişkinden dalları, kökleri ve gövdesi ile bir ağaç çizmesini istiyor. Böyle söyleyince bu testin inanılırlığını ve güvenilirliğini sorgulayabilirsiniz.

Ağaç Testi'nin avantajı, çok çeşitli insanlara hızlı bir şekilde uygulanabilmesidir. Daha sonra ise diğer test sonuçlarıyla karşılaştırılarak duygular hakkında ilginç bilgiler verir.

Bu sonuca ulaşmadan önce, bir detayı dikkate almalıyız. Projektif testler çok kullanışlı klinik araçlardır. Onlar sayesinde, hastalarımızın dünyalarını nasıl algıladıkları, anladıkları ve yönettikleri hakkında çeşitli veriler toplayabiliriz. Dolayısıyla, Rorschach Testi, Draw-a-Person Testi veya Ağaç Testi gibi araçlar diğerleri ile birlikte kullanabileceğimiz tamamlayıcı (münhasır olmayan) testler olarak çok etkilidir.

Öte yandan Doktor Koch sadece ağaçların sembolik anlamı nedeniyle bu teşhis testini geliştirdi. Bütün kültürlerde ağaç, insanlarla iç içe olan mitolojik ve sembolik bir figürdür. Bu nedenle bu figürü düşünüp çizmek içimizdekileri dışa vurmaktır.

Koch Ağaç Testi Neyi Değerlendiriyor?

Bu ağaç testinde bir ağaç çizip renklendirip boş bir sayfada becerimizi göstermemiz gerekiyor. Bu süreçte de bazı duygularımızı göstermiş oluyoruz.

Aynı zamanda kişinin istikrarını, iç çatışmaların varlığını veya yokluğunu, onların savunmasızlığını ve hassasiyetini ölçer.

Öte yandan, psikanaliz gibi bazı psikolojik disiplinler, bu testin aynı zamanda bilinçdışımızın ruhunun veya içeriğinin yapısını da ortaya koyduğuna işaret etmektedir.

Son zamanlardaki bir çalışmanın, Baum Testi'nin bilişsel yetersizlikleri ve hatta demansın başlangıcını teşhis etmede çok etkili olduğunu ortaya koyması ilginçtir.

Ağaç Testi Nasıl Uygulanır?

Bu test 5-6 yaşlarından itibaren uygulanabilir. Sadece kişinin resim yapabilmek için temel motor fonksiyonlarının olması yeterli.

Testi yapan kişiye boş bir kâğıt, renkli kalemler ve silgi verilir.

Daha sonra kişi kökleri, gövdesi ve dallarıyla bir ağaç çizer.

Testi yapan kişinin 5-6 yaşlarında bir çocuk olması halinde iki ağaç çizmesi istenir. İlki serbest stildir. Çocuğa, istediği herhangi bir ağaç çizmesi söylenir. Daha sonra yeni bir çizim daha yapması istenir. Bu sefer ağaç ilkinden farklı olur. Böylece değerlendirecek iki farklı çizim olmuş olur.

Tahmini çizim süresi 10 dakika ile yarım saat arasında değişir. Bu süre kişiden kişiye değişebilir.

Ağaç Testi Nasıl Analiz Eder?

Aşağıdaki unsurlara dikkat edilir.

Kök: Hiç toprak ya da kökün belli olmadığı çizimler kişide duygusal bazı eksiklerin olduğuna ve sabırsızlığa işaret eder.

Uygun olmayan ve dağınık şekilli kökler duygusal sorunların olduğuna ve sinirli yapıya işaret eder.

Gövde: Çok ince bir gövde hassasiyeti gösterir. Ya da kişinin sakinliğini alan bazı dış baskıların ve etkenlerin olduğuna da işaret edebilir.

Çok geniş bir gövde dürtüsel, yoğun duygusal ve kendini kontrol edemeyen bir yapıyı gösterir.

Normal oranları olan bir gövde ise iç dengeyi gösterir.

Düz çizgilerden meydana gelen bir gövde çizimi ise soyutlama kabiliyeti olan düzgün bir kişiliğe işarettir.

Dalgalı çizgilerden oluşan bir gövde enerjik ve sosyal açıdan sorunların olmadığına kanıttır.

Gövdede bazı oyuklar, çıkıntılar ve tırtıklar olması halindeyse kişinin bazı içsel korkuları, çekinceleri ve travmaları olduğu söylenebilir.

Dallar: Ağacın dalları fiziksel ve dış çevreyle etkileşimi gösterir. Kökler ve gövde daha çok iç ve duygusal dünyayla ilgiliyken dallar diğer psikolojik evrelere işaret eder.

Küçük dallar: 9 yaşına kadar çocuklarda küçük dallar çizilmesi normaldir. Bu henüz olgunluğa erişilmediğinden ya da çocuğun dış dünyayla ilişkisinden kaynaklanabilir.

Büyük dallar: Çizen kişinin geniş bir yaratıcılığı olduğu söylenir. Hatta biraz kendini beğenmeden de söz edilebilir.

Dalları olmayan ağaç: Kişinin bilişsel sorunları olduğunu veya olası sorunlar yaşayacağını söyleyebiliriz.

Spiral dallar: İletişim yönü kuvvetli, zevkli ve hassas insanlardır.

Sert, dağınık ve çubuk şeklindeki dallar: İnatçı ve bazı durumlarda meydan okuyan sinirli yapıyı gösterir.

Yaprakları olan dallar: Canlılık göstergesi sayılır.

Meyveleri olan dallar: Kişinin gerçekleştirmek için çabaladığı amaçları olduğunu gösterir.

Burada anlattığımıza göre, evler, kuşlar, tepeler gibi aslında psikoloğun istemediği diğer "aksesuarlar" da çizilir. Ayrıca, ağaç için seçilen renkleri ve hatta figürlerin büyüklüğünü bile hesaba katmak iyidir.

Ayrıca, kesik dallar, gövdede delikler veya yaralar, köklerin eksikliği veya koyu renklerin varlığı gibi şeyler dikkat çekebilir. Bütün bunlar muhtemelen travma olduğu anlamına gelebilir. Ancak, Ağaç Testi mevcut tek tanılama testi değildir. Diğer araçlarla birlikte, daha kesin bir nihai tanı vermek için bilgi toplamanıza yardımcı olabilecek ilginç bir araçtır.

SENARYO

1) Küçük bir balina izleme gemisinin güvertesindesiniz. Dört bir yanınız mavi okyanusla çevrili. Derinliklerin gizemli yaratıklarını izlemek için küpeşteden eğildiğinizde tuzlu sular yüzünüzü ıslattı. Ve işte o anda bir balina ailesi size yakın bir noktada su yüzüne çıktı. Aşağıdakilerden hangisi bu aileyi en iyi tanımlar?

a) Devasa annesinin peşi sıra yüzen küçük bir bebek balina

b) Annesinin karnına sokulan bir bebek balina

c) Bebekleri ile yüzen anne ve baba balinalar

d) Su püskürterek kendi başına yüzen bir bebek balina

Yanıt:

Bu senaryoda, balinaların arasındaki ilişki tanımınız sizin kendi annenizle olan ilişkinizin duygusal tanımıdır.

a) Sizin hayatınızda annenizin rolü inanılmaz derecede önemlidir. Yetişkin olmanıza karşın davranışlarınız ve düşünceleriniz annenizden etkilenmektedir. Birazcık ana kuzusu olmaktan kurtulmanız ve yeni bir bağımsızlık seviyesi için çalışmanız yerinde olur.

b) Fiziksel şefkat görmeye çok gereksinim duyuyorsunuz. İnsan sıcaklığını istemek doğal bir gereksinimdir ama siz buna diğerlerinden daha fazla muhtaçsınız.

c) Anne ve babanızın rollerini eşit olarak takdir ediyorsunuz (Baba bu tür hayali resimlerde genellikle unutulan bir figürdür). Çocukken ev hayatınız büyük bir olasılıkla mutlu ve güvenliydi. Bu da hayata karşı dengeli bir bakış açısı geliştirmenize yardımcı oldu.

d) Kişisel özgürlüğünüzü elde etmişsiniz ve bir birey olarak gelişmişsiniz. Ama kimi zaman kendiniz olmaktaki ısrarınız sizin hırslı, inatçı ya da bencil olarak algılanmanıza neden oluyor. Bu kadar bireysel olmamaya özen gösterin, yoksa çevrenizdeki insanlara yabancılaşabilirsiniz.

2) Mahkeme salonunda geçen bir filmde aktörsünüz. Aşağıdakilerden hangisini oynardınız?

a) Avukat
b) Dedektif
c) Suçlu
d) Şahit

Yanıt:

Aktör, sizin sosyal kişiliğinizi ve dış dünyayı karşılayan yüzünüzü simgeler. Oynadığınız rol, bir kriz durumunda ne tepki verdiğinizi anlatır.

a) Ateş altında daima soğukkanlısınız ve sizi terlerken görmek zor. Fakat çok gergin durumlarda ortaya çıkan bir başka yüzünüz daha var. Kısıtlamaları unutacak kadar ateşli ve gerekirse patlamaya hazır bir savaşçı. Bu soğukkanlılık ve ateşlilik sizi en umutsuz durumlarda bile düzlüğe çıkarıyor.

b) Karmaşa ve karışıklık sizi etkilemiyor. Başkaları kendilerini kaybettiğinde bile siz sakin kafayla düşünebiliyorsunuz. Çevrenizdekiler bu özelliğinize saygı duyuyor ve zorda kaldıkları zaman sizden yardım istiyorlar.

c) İlk bakışta güçlü ve umursamaz görünüyorsunuz ama aslında savaşları sonuna kadar götürmek için gerekli olan şey sizde yok. İşler zorlaşınca, kaygılanmakla vakit kaybediyor, sorunları çözmek yerine kendinizi yargılamaya başlıyorsunuz. Sizin için yapılacak en iyi şey olayları daha pratik yoldan çözümleyebilen birisiyle ortaklık kurmaktır.

d) Her durumda uyumlu ve yardımsever olarak görünseniz de başkalarını memnun etmek için gösterdiğiniz fazla çaba sizi de bir dert kaynağı haline getiriyor. Herkesle her zaman geçinmek uğruna tutarsız ve hatta güvenilmeyecek birisi haline geliyorsunuz. Yaptıklarınızın başkalarını mutlu ya da mutsuz edip etmediğinden sürekli endişe duymayı bırakmalısınız. Kendinizi ispatlamanız gereken tek kişi kendinizsiniz.

3) Derin bir mağarada kayboldunuz ve uzayıp giden, bir labirenti hatırlatan koridorlarda dolanıyorsunuz. Yukarıya çıkan yolu bulmaya çalışırken, bir yarasa uçarak gelip kulağınıza bir şey fısıldıyor. Bu gizemli yaratık size hangisini söyledi?

a) Çıkışın nerede olduğunu biliyorum.

b) Sana yolu göstereyim.

c) Aramaya devam et.

d) Buradan asla çıkamayacaksın.

Yanıt:

Yarasanın size söyledikleri, zor zamanlarda başkalarına nasıl yardımcı olduğunuzu simgeler.

a) Burnunu her şeye sokan, her şeyi bilen birisi gibi olmak eğilimindesiniz. Başkalarına hemen tavsiyede bulunuyorsunuz ama bazen hiç gerek yokken de yardım etmeye çalışıyorsunuz. Bu da sizin müdahaleci biri gibi görünmenize sebep oluyor.

b) Kocaman kalbiniz ve asla bencil olmayışınız başkalarına örnek oluyor. İnsanlar sizdeki gücü ve şefkati hissediyor. Bir sorunları olduğunda size gelebileceklerini bilmek onları rahatlatıyor.

c) Başkalarına karşı, onların özeline olan saygınızdan dolayı uzak duruyorsunuz. Yardımcı olmak istemediğinizden değil, sorunlarını kendi başlarına çözmeleri için onları cesaretlendirmiş oluyorsunuz.

d) Yere düşmüş biri gördüğünüzde içinizden ilk gelen şey tekmelemek. Başkalarının kötü durumlarından az da olsa keyif almak doğal olabilir ama bu bir bahane değildir. Bu davranış, arkadaşlarınızla olan ilişkinizi etkileyebilir. Dikkat edin!

7) Patlayan bir volkanı seyredebileceğiniz bir yerde duruyorsunuz. Aşağıdakilerden hangisi bu manzarayı seyrederken düşündüklerinizi açıklıyor?

a) Belki de bu, dünyayı mahvettiğimiz için bir uyarıdır.

b) Sanırım içerdeki basınç çok fazlalaşmıştı.

c) Üff ne görüntü ama! Çok etkileyici!

d) Patlamak bu şeylerin doğasında var. Nedir yani?

Yanıt:

Volkan hakkındaki düşünceleriniz, bir üstünüzün öfkesine göstereceğiniz tepkiyi betimler.

a) Başkalarının öfkesine sebep olduğunuzda bunun farkında oluyorsunuz ve suçu kabullenmeye hazırsınız. Bu duyarlılık ve olgun davranış, sorunları halletmenize de yardımcı oluyor.

b) Herhangi bir sorunun suçunu hemen bir başkasının omuzlarına yüklüyorsunuz. Eğer yanlış bir şey yaptığınızın farkında olsanız, zaten yapmazdınız değil mi?

c) Eleştiriye ve bu tür dışavurumlara olumlu bakabiliyorsunuz ama bunun anlamı onlara aldırmamanız değil. Bu olumlu görüntü üstleriniz tarafından uzun vadede takdir topluyor.

d) Acımasız eleştiriler sizi etkilemiyor, büyük olasılıkla onları dinlemediğiniz için. Bu elbette stresinizi azaltmada etkilidir.

Ama bu yüzden hatalarınızdan ders alamıyorsunuz. Belki de bu seslere kulak vermek size farklı bir bakış açısı kazandırabilir.

8) Ülkede bir canavar ortalığı kasıp kavuruyor, korku saçıyor ve durdurulamıyor. Üstelik size doğru geliyor. Canavar öfkeyle dolu ve onunla konuşmanın ya da ikna etmenin imkânı yok. Ama neden bu kadar öfkeli?

a) Karnı aç ve yemek bulmak için avlanıyor.

b) Kaybettiği sevgilisini arıyor.

c) Çok çirkin olduğu için çok mutsuz.

d) Tüm dünyaya öfkeli.

Yanıt:

Bu canavar, kişiliğinizin karanlık yanını temsil etmektedir.

a) Öfkeli canavar kendi iştahınıza açtığınız savaşa tepki vermektedir. Son zamanlarda bir diyetle mi güreşiyorsunuz? Karnınız boşken kafanızı çalıştırmak zordur. Ama ölçülü olmakta da fayda vardır.

b) Belki de romantik anlamda sorunlar yaşıyorsunuz şu sıralar. Ama unutmayın her aşkta inişli çıkışlı dönemler olacaktır.

c) Kendi görüntünüzden bir şekilde memnun olmayabilirsiniz. Ama bu, dünyanın bizi algılama şeklini de negatif olarak etkileyebilir. Sevilmek için ilk adım aynaya baktığınızda gördüğünüzü sevmekle başlar.

d) Bu cevabı seçenler karamsarlardır. Sizin için bardağın yarısı hep boş, üstelik suyun tadı kötü. Düzeltilebilecek yanlışlar bulmak iyidir ama hep şikâyet ederek dünyayı değiştiremezsiniz. Bu enerjiyi olumluya doğru kullanmak için bir yol bulmaya çalışmalısınız.

PUANLAMA TESTİ

Aşağıdaki sorulara olabildiğince dürüst bir şekilde yanıt vermeye çalışın. Eğer belirtilen ifadeye kesinlikle katılıyorsanız 5'i, kesinlikle katılmıyorsanız 1'i seçin. Ardından, elde ettiğiniz puanları toplayın.

1) Baskı altındayken sakin olabilirim ve kendimi kontrol altında tutabilirim.

1 2 3 4 5

2) Acı çekmeden negatif duyguları belirleyebilirim.

1 2 3 4 5

3) Genellikle küçük ayrıntılar üzerinde yoğunlaşırım.

1 2 3 4 5

4) Kolaylıkla yanlışlarımı kabul ederim.

1 2 3 4 5

5) Diğer insanların duygularına ve ruh hallerine çok duygulanırım.

1 2 3 4 5

6) Geri bildirimleri veya eleştirileri savunmacı olmadan kabul ederim.

1 2 3 4 5

7) Üzgün olduğumda ya da hayal kırıklığına uğradığımda kolaylıkla kendimi sakinleştirebilirim.

1 2 3 4 5

8) İhtiyaçlarımı ve duygularımı dürüstçe açıklayabilirim.

1 2 3 4 5

9) Bir aksilikten sonra kendimi kolayca toparlarım.

1 2 3 4 5

10) Hareketlerimin diğerlerini nasıl etkilediğinin farkındayım.

1 2 3 4 5

11) Karşımdaki insanların ne dedikleri ve ne düşündükleri benim için önemlidir.

1 2 3 4 5

12) İnsanlara "Seni seviyorum" cümlesini kolaylıkla ve duyarlı bir şekilde söyleyebilirim.

1 2 3 4 5

34'ten Düşük

Bu aralıkta çıkan kişiler iş arkadaşlarına hatta en sevdiği insanlara bile oldukça anlayışsız davranırlar. Küçük şeyleri bile kafalarına takıp, stres yaparlar ve hayatta kendilerini kaybolmuş hissederler. Hayatın tutku ve amaçları yerine, korku ve güvensizliklerini yaşarlar. Bu kişiler duygularını ifade etmekte zorlandıkları için çeşitli iletişim bozuklukları yaşarlar.

35-44 Arası

Bu aralıktaki kişiler normalin üzerinde bir EQ'ya sahiptirler. Çevresindekilere karşı duyarlıdırlar. Hareketlerinin başkalarını nasıl etkilediğinin farkındadırlar. Bu kişiler işlerini yaparken eğlenmeyi erteleyen kişilerdir. Düşüncelerini akıcı biçimde ifade edebilirler, geniş bir entelektüel ve estetik ilgi alanına sahiptirler. Ayrıca bu kişiler öfkelerini açıkça belli etmekten kaçınan kişilerdir.

45-60 Arası

Çok yüksek bir EQ'ya sahip olan bu kişiler sosyal açıdan dengeli, dışadönük ve neşelidirler. İnsanlara ve olaylara bağlanma, sorumluluk alma, etik bir görüşe sahip olma özellikleri dikkat çeker. İlişkilerinde başkalarına karşı sevecen ve ilgilidirler. Kendileriyle ve yaşadıkları sosyal dünyayla barışıktırlar. Zengin ve yerli yerinde bir duygusal yaşamları vardır.

TEST: İNSANLARLA İLİŞKİLERİNİZ NASIL?

1) Arkadaş veya aile çevresinde konuşkan bir kişi misiniz?

a) Düşünce ve tecrübelerime güvendiğim için onları her fırsatta çevremdekilere aktarmam gerektiğini düşünür ve sonuçta bir toplulukta en çok konuşan kişi ben olurum.

b) Beni dinleyen kimselerle konuşmaktan hoşlanırım fakat konuştuğum kadar dinlemeye de önem veririm.

c) Moralim düzgünse insanlarla sohbet etmekten çok hoşlanırım. Fakat sıkıntılıysam ağzımı bıçak açmaz.

d) Başkalarının fikirlerine kendiminkinden daha çok önem verdiğim için konuşmaktan çok dinlemeyi tercih ederim.

2) Konuşurken veya dinlerken karşınızdaki kimsenin gözlerine bakabilir misiniz?

a) Konuşurken karşımdakinin gözlerinin içine bakar ve karşımdaki de aynı şekilde davranmazsa çok sinirlenirim.

b) Karşımdakine sevgiyle ve gülümseyerek bakarak dinlediğimi belli etmeye çalışırım.

c) Kendimi iyi hissetmiyorsam dikkatim dağınık olur, ne kadar istesem de karşımdakini ilgiyle dinleyemem, bu da bakışlarımdan belli olur.

d) Ben konuşurken karşımdakine pek fazla bakamam fakat karşımdakini dinlerken bakmaya çalışırım.

3) Arkadaşınızla bir yerde buluşacaksınız, fakat arkadaşınız söz verdiği saatte gelmedi. Tepkiniz nasıl olur?

a) Böyle bir hususta mazeret kabul etmez, yeteri kadar önem vermediği için geç geldiğini düşünür ve kızgınlığımı sözle de ifade ederim.

b) Önce arkadaşımın konuşmasını bekler, geç kalma sebebine göre davranırım.

c) Genellikle fazla mesele etmem fakat sıkıntılıysam böyle bir davranışında ilk anda kızgınlığımı belli ederim.

d) Sebep ne olursa olsun karşımdakinin üzülmesini istemem ve onu teselli ederim.

4) Çalıştığınız yerdeki iş arkadaşınız o gün oldukça durgun.

a) Davranışlarının bana karşı alınmış bir tavır olabileceğini düşünür fakat fazla üzerinde durmam.

b) Arkadaşımla uygun bir ortamda yalnız olarak konuşup bir sıkıntısının olup olmadığını öğrenmeye çalışırım.

c) Çevremdekilerin durgun veya neşeli olup olmadıklarını pek fark etmem.

d) Arkadaşımı üzecek bir şey yapıp yapmadığımı düşünmek beni çok etkiler. Bunu doğrudan da soramaz, öğrenmek için değişik yollar denerim.

5) Komşunuzdan uygunsuz bir saatte gürültü geliyorsa aşağıdakilerden hangisini yaparsınız?

a) Hemen kapısına gider, bu davranışın adabımuaşeret kurallarına hiç uymadığını söylerim.

b) Gürültü çok aşırı değilse o gün tahammül eder, daha sonra komşumla görüştüğümüzde sohbet arasında rahatsız olduğumu uygun bir dille anlatmaya çalışırım.

c) Genellikle başım çok ağrır ve gürültüye tahammül edemem. Bunun için de kapısına gider ve kibar bir dille rahatsız olduğumu söylerim.

d) Komşumu üzmek istemediğimden gürültüden rahatsız olduğumu belli etmem.

6) Arkadaşınız sizi bir hususta eleştirdi. Nasıl davranırsınız?

a) İnsanlar beni genellikle haksız yere eleştirirler. Bu beni çok öfkelendirir. Ne yapalım, meyveli ağaç taşlanır.

b) Önce arkadaşımın haklı olup olmadığını düşünürüm. Yerinde eleştiriyse haklı olduğunu söyler, o davranışımı değiştirmeye çalışırım.

c) Bana yöneltilen eleştirilere göre tepkim değişir.

d) Arkadaşımın eleştirisinde haklı olduğunu düşünürüm. Yerinde eleştiriyse haklı olduğunu söyler, o davranışımı istenilen şekilde değiştirmeye çalışırım.

7) Sevdiğiniz bir arkadaşınız veya yakınınıza karşı olan sevginizi ona söyler misiniz?

a) Söylemeyi tercih ederim.

b) Fırsat bulduğumda sevdiğimi söylemekten hoşlanırım.

c) Bazen söylerim.

d) İstesem de söyleyemem.

8) Bir tartışma esnasında karşınızdakine karşı kırıcı sözler söyler misiniz?

a) Ben neysem oyum, gerektiği zaman gerekeni söylerim.

b) Kırıcı konuşmamaya özen gösteririm.

c) Kırıcı konuşmak istemem fakat genellikle kendimi tutamam.

d) Kesinlikle kırıcı konuşmam.

9) Sıkıntılı zamanınızda bunu çevrenizdekilerle nasıl paylaşırsınız?

a) Sıkıntımı içimde saklayamam, arkadaşlarıma rahatlıkla açılırım.

b) Çözüm bulabileceğine inandığım ve sır tutabilecek yakın arkadaşlarımla paylaşırım.

c) Ancak ısrar edildiğinde sıkıntılarımı söyleyebilirim.

d) Başkalarının başını ağrıtmak yerine sıkıntılarımı içimde saklamayı yeğlerim.

10) Uzun zamandır görmediğiniz bir arkadaşınıza bir toplantıda rastladınız, ne yaparsınız?

a) "Hiç dost dostu bu kadar uzun zamandır aramaz mı?" diye sitem ederim.

b) Sevgiyle kucaklar, onu ne kadar çok özlemiş olduğumu söylerim.

c) Tepkim karşımdaki kişiye göre değişir.

d) Uzun zamandır onu arayamadığımı düşünüp mahcup olur, mazeretlerimi sıralamaya başlarım.

DEĞERLENDİRME

Önce değerlendirme kısmına bakmanız, testi cevaplandırmanızı anlamsız kılacaktır.

Eğer daha çok a'yı işaretlemişseniz: İnsanlarla ilişkilerinizde hep kendi dediğinizin olmasını istiyorsunuz. Sizin düşünce ve davranışlarınızın daima başkalarınınkinden üstün olduğunu düşünüyor ve bunu sürekli çevrenizdekilere kabul ettirmeye çalışıyorsunuz. Sayılı kişiler dışında çevrenizdekileri küçümser şekilde konuşmanız, onlardan mükemmel şekilde hareket etmelerini beklemeniz, çevrenizdekileri sizden uzaklaştırıyor ve yalnız kalıyorsunuz. Daha hoşgörülü olursanız inanın daha mutlu olacaksınız.

Daha çok b'yi işaretlemişseniz: Siz çevrenizdekilere değer veren bir kimsesiniz. Çevrenizdekilere sıkıntılı zamanlarında yardımcı oluyor ve onlardan da gerektiğinde yardım alabiliyorsunuz. Eğer karşınızdaki de sizin gibi davranırsa insanlarla ilişkilerinizin olumsuz gitmesi için ortada bir neden görünmüyor. İnsanlarla iletişim kurarken beden dilinizden maksimum derecede yararlanıyorsunuz. Size karşı yanlış bir hareket yapıldığında bunun yanlış anlaşılmadan kaynaklanabileceğini düşünüyor ve düzeltme yoluna gidiyorsunuz. İnsanların davranışlarının temelinde yatan sebepleri göz önüne almayı ihmal etmiyorsunuz. İnsanlara karşı önyargılı davranmaya gayret ediyorsunuz.

Daha çok c'yi işaretlemişseniz: Siz oldukça değişken yapıya sahip bir kimsesiniz. Sizin insanlarla iletişiminiz tamamen ruh halinize bağlı. Eğer bir gün sıkıntılıysanız veya sizi üzen bir olay olmuşsa bunu yüz hatlarınız ve hareketlerinizle o kadar çok ortaya koyuyorsunuz ki çevrenizdekiler sizi üzecek bir şey yapıp yapmadıklarını düşünüp duruyor ve huzursuz oluyorlar. Neşeli olduğunuzda da aynı şekilde çevrenizdekilerle iletişiminize bunu yansıtıyorsunuz.

Daha çok d'yi işaretlemişseniz: İnsanlarla iletişiminizde fedakârlığı o kadar çok ön planda tutuyorsunuz ki bunda aşırıya varıp kendi duygu, düşünce ve isteklerinizden çok fazla taviz veriyorsunuz. Halbuki hem insanlarla iyi geçinip hem de doğru bildiğiniz şekilde davranmak mümkündür. Yeter ki siz kendinizi ifade etmeye gayret edin.

HANGİSİNE ÖNCE YARDIM EDERSİN?

Bir hastane koridorunda yardımınıza ihtiyacı olan 4 kişi var. Numaralandırılmış insanlar arasından hangisine ilk önce yardım ederdiniz?

SONUÇLAR

Eğer 1 numaradaki yaşlı teyzeyi tercih ettiyseniz; katı ahlaki değerlere sahipsiniz ve geçmişten bugüne taşınan geleneklere saygı duyuyorsunuz. Problemlere her zaman rasyonel bir bakış açısıyla yaklaşıp asla düşünmeden hareket etmiyorsunuz.

Eğer 2 numaradaki çocuğu tercih ettiyseniz; hassas bir

yapınız var ve daha önce birkaç kez başkaları tarafından incitilmişsiniz. Arkadaşlarınız her daim sizin yanınızda kendilerini rahat hissediyorlar çünkü çevrenizdekilere karşı fazlasıyla fedakârsınız.

3 numaradaki sakat adamı tercih ettiyseniz; anı yaşamaktan, iyi vakit geçirmekten hoşlanan bir yapınız var. Yaygaradan hoşlanmazsınız ve asla insanların size söylediklerinden fazlasını yapmazsınız. Doğuştan liderlik özelliklerine sahipsiniz.

NTV'ye göre, 4 numaradaki hemşireyi tercih ettiyseniz; uyumlu ve iyimser birisiniz. Hayatın her zaman rengârenk taraflarını görmeyi tercih ediyorsunuz ve sorunları nadiren önemsiyorsunuz. İletişim konusunda oldukça başarılı bir yapınız var. İnsanlarla bağlantı kurmanın mutlaka bir yolunu buluyorsunuz.

DÜNYANIN EN KISA SÜREN KİŞİLİK TESTİ

1

2

3

4

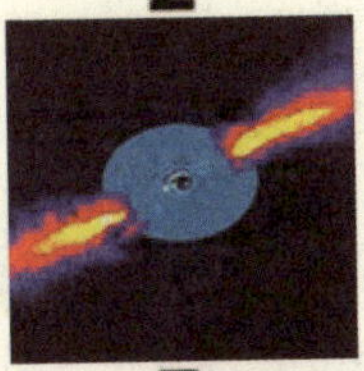

5

6

7

8

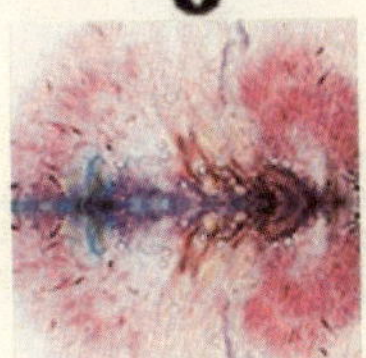

9

Her insanın kişiliği farklıdır ama temelde yatan birkaç özelliği sadece bir resim sayesinde öğrenebilirsiniz. Sadece şu an bu 9 resim arasından gözünüze en güzel geleni, sizi en çok cezbedeni seçin ve altındaki sayıyı aklınızda tutun. Bakın bakalım bu siz misiniz...

1 NUMARALI RESMİ SEÇENLER:

Siz karşı konulamaz birisiniz.

Seksi, güçlü ve cesur bir kişiliğiniz var.

Tutku ve enerji dolusunuz.

Bu tutkunuzun içinde bir de karanlık bir taraf var...

Birilerini cezbetmeye çalışırken kendinizi iyi hissediyorsunuz.

Her bulunduğunuz ortamda dikkati üzerinize çekiyorsunuz.

Pratik bir zekânız var, ama ayrıca çabuk sinirlenen de birisiniz.

2 NUMARALI RESMİ SEÇENLER:

Sizin bağımsız bir kişiliğiniz var.

Mutlu, hareket halinde ve biraz da statü meraklısı bir insansınız.

Herkesin sizin başarınızdan haberdar olmasını seviyorsunuz.

Mantık odaklı bir insan olduğunuz için hayatı bir strateji oyunu olarak görüyorsunuz.

Biraz yalnız bir kişiliğiniz var çünkü kendinizden başka kimseye güvenmiyorsunuz.

Her zaman soğukkanlılığınızı korumayı biliyorsunuz.

Doğuştan bir lider ve iş insanısınız.

3 NUMARALI RESMİ SEÇENLER:

Siz dürüstsünüz.

Masum, ahlaki değerleri olan ve çabuk adapte olabilen bir kişiliğe sahipsiniz.

Etrafınıza çabuk uyum sağlıyorsunuz.

Dışarıdan utangaç görünseniz de arkadaşlarınız arasında konuşkan bir yapınız var.

Erdem sahibi bir insansınız ve hayatınızı buna göre yaşıyorsunuz.

İnsanlar hakkında doğru tahminlerde bulunuyorsunuz.

Bu yüzden etrafınızdaki insanlar sizin onayınızı almayı önemsiyorlar.

4 NUMARALI RESMİ SEÇENLER:

Siz güvenilir bir insansınız.

İnsanları önemseyen, kibar ve şanslı bir insansınız.

Doğuştan sahip olduğunuz içgüdüler sayesinde insanlara yardım etmeyi seviyorsunuz.

Sır tutmak konusunda sizden iyisi yok.

Uyum meraklısı bir insan olarak harika bir arabulucusunuz.

İyi huyunuzdan dolayı insanlar sizinle arkadaşlık yapmayı seviyor.

Kişiliğinizle insanlara kendilerini iyi hissettirmeyi biliyorsunuz.

5 NUMARALI RESMİ SEÇENLER:

Siz zeki bir yapıya sahipsiniz.

Asil, zeki ve bilge bir karakteriniz var.

Her zaman zor tatmin olan, elinden gelenin en iyisine uğraşan birisiniz.

Bilgi açlığınızı doyurmak için sürekli kitap okumanız şaşılmayacak bir gerçek.

Bir filozof gibi her zaman hayatta büyük resmin peşindesiniz.

Kendiniz, arkadaşlarınız ve dünya için her zaman iç huzurun arayışındasınız.

İyi bir arkadaşsınız, fedakârlık yapmayı seviyorsunuz.

6 NUMARALI RESMİ SEÇENLER:

Kurnaz bir kişilik yapınız var.

Zarif, içine kapalı ve dâhi bir karaktere sahipsiniz.

Her türlü bulmacayı çözmeye yatkın aklınız sizin en büyük silahınız.

Tartışmalarda veya genel yargılarda bir boşluk bulmakta başarılısınız.

Sizin için rahat ve huzurlu bir ortam her zaman çok önemli.

Kendi kendinizi geliştirmek konusunda tutkulu, duygularınıza gem vurmak konusunda başarılısınız.

Duygularınızı kontrol altında tutarak güçlü kalmak konusunda kararlısınız.

7 NUMARALI RESMİ SEÇENLER:

Sizi tanımlayacak kelime: duygusal.

Güvenilir, popüler ve iyi bir gözlemcisiniz.

Derin düşünceli halleriniz sayesinde sık sık dalıp gidiyorsunuz.

Yaptığınız birçok şeyi duygularınız kontrol ediyor.

Çok özel bir kişiliğe sahipsiniz, yaratıcı ve etkileyicisiniz.

Arada bir kabuğunuzdan çıkıp çılgınlıklar yapmaktan da çekinmiyorsunuz.

Şanslısınız ki çoğu insan bu çılgınlıklarınızı çekici buluyor.

8 NUMARALI RESMİ SEÇENLER:

Siz çok orijinalsiniz.

Eğlenceli, gezmeyi seven ama gerçekçisiniz.

Sorumsuz bir çılgın asla değilsiniz.

Ama özgür bir ruha sahipsiniz ve bunu her zaman gösteriyorsunuz.

Hareketli bir düşünce yapınız var, her gün sizin için bir macera.

Yine de düşünmeden adım atmayı sevmiyorsunuz.

Yine de etrafınızdaki insanları şaşırtmayı başarıyorsunuz.

9 NUMARALI RESMİ SEÇENLER:

Siz tam bir neşe kaynağısınız.

Hayalperest, barışçıl ve genç bir ruhunuz var.

İyimser, şefkatli biri olarak insanların içinde hep en iyi şeyleri görebiliyorsunuz.

Her zaman gülümserken etrafınızdakileri de gülümsetiyorsunuz.

Utangaç ve zeki birisiniz. Aynı zamanda çalışkansınız.

Komik bir kişiliğiniz var ama çoğu insan sizi anlamakta zorlanıyor.

İnce espri anlayışınız arkadaşlarınız tarafından yadırganabilir.

BİLİNÇALTI TESTİ: BU LİSTEDE SİZE EN GÜVENİLİR GELEN KİŞİ KİM?

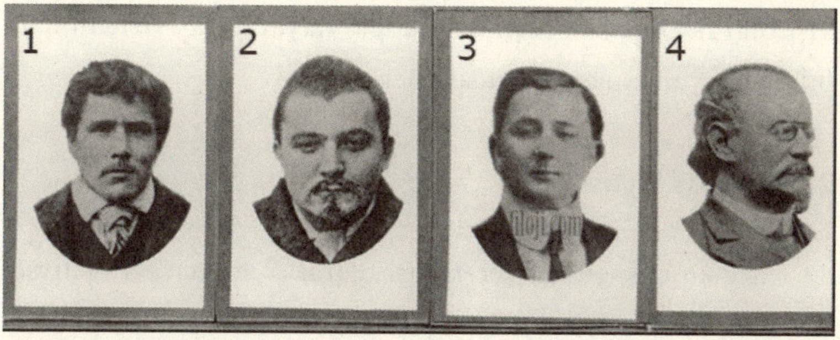

Ünlü psikiyatr Leopold Szondi'nin çalışmalarının bir parçası olarak yayınlanan bu test güven duymayı seçtiğiniz kişiye bağlı olarak, sizin hakkınızda birtakım çıkarımlar yapma iddiasında. Bu testi uygulaması ise gayet basit. Tek yapmanız gereken şey yukarıda resimleri sıralı olan şahıslar arasından size en güvenilir gelen kişiyi seçmek. Ardından seçtiğiniz kişiyle alakalı yorumu okuduğunuzda çok şaşıracaksınız.

Yukarıdaki şahıslardan birini seçin;

1 Numarayı Seçtiyseniz;

Eğer size en güvenilir gelen kişi 1 numaradaki bu şahıs ise, bu sizin doğaya, doğayla özdeşik yaşama olan özleminizi gösterir. Hatta kasaba, köy gibi yeşillikler içinde, şehir hayatından uzak bir yerlerde yaşama gibi bir hayale sahip olmanız gayet olasıdır. Ruhu doğayla bütünleştiği zaman huzur bulabilen insanlardansınız. Dağınık saçlı, kısık gözlü, yanık tenli ve üzerindeki modern kıyafeti tam oturmamış ve emanet gibi duran bu şahıs aslında çiftçidir. Sizin en güvenilir kişi olarak bu şahsı seçmeniz doğal hayata olan özleminizin bilinçaltı yansımasını temsil eder.

2 Numarayı Seçtiyseniz;

Size en çok güven veren kişi olarak 2 numarayı seçtiyseniz, bu, cömert, eli açık ve çabuk güvenen biri olduğunuzu işaret etmektedir. Sırf kıyamadığınız için, arkadaşlarınıza borç verebilir ya da onlar için harcama yapmaktan çekinmeyebilirsiniz. Buna iyi niyetiniz de eklenince bu durumu suistimal etmek isteyen bazı tanıdıklarınızca kullanıldığınız zamanlar çok olmuş olabilir. Çünkü seçtiğiniz kişi bir bankacıdır. Bankacıya güven duymanız, parasal konulardaki iyi niyetinizin ve saflığınızın yansımasıdır.

3 Numarayı Seçtiyseniz;

En güvenilir kişi olarak 3 numaralı şahsı seçtiyseniz bu, kendinizi geliştirmeye, araştırmaya ve eğitime verdiğiniz önemi temsil eder. Sizi geliştirecek konularda, okumalar ve araştırmalar yapıyor olmanız gayet olasıdır. Kendiniz eğitim hayatınıza devam edemediyseniz bile tanıdıklarınızı ve çevrenizde sizden yaşça küçükleri bu konuda en çok cesaretlendiren kişilerden biri olmanız çok büyük bir olasılıktır. Seçtiğiniz karakter ince kravatı, iyi taranmış saçları ve temiz tıraşı ile bir öğretmendir.

4 Numarayı Seçtiyseniz;

En güvendiğiniz kişi olarak 4 numaralı şahsı seçtiyseniz bu sizin adalete ve eşitliğe duyduğunuz özlemi ve bu değerlere verdiğiniz önemi gösterir. Haksızlığa gelemiyorsunuz. Kendi çevrenizde, etki alanınızda adaletsizliklere karşı geliyorsunuz ancak yaşadığınız çevrede meydana gelen ve gücünüzün yetmediği adaletsizliklerden ötürü çaresiz hissediyor olabilirsiniz. En güvenilir kişi olarak yargıç karakterini seçmeniz eşitliğe verdiğiniz önemin ve adalete duyduğunuz özlemin temsilcisidir.

KAYNAKÇA

Fiser, Z, Buddha, Prag, Orbis, 1968.

Freud-Jung Mektuplaşmaları, çev. Mustafa Tüzel, Düşün Yayıncılık, 1995.

Spinoza, B. De, Ethica, çev. Çiğdem Dürüşken, Kabalcı Yayınevi, 2011.

Fromm, Erich, Olma Sanatı, çev. Orhan Düz, Say Yayınları, 2017.

Çevrimiçi:

http://www.mynet.com/haber/foto-analiz/resimdeki-objelerden-birini-sec-en-gizli-ozelligin-ortaya-ciksin-kisilik-testi-4139616-1#7602095

https://kisiselbasari.com/insanlarla-iliskileriniz-nasil.html

https://www.sabah.com.tr/galeri/teknoloji/sosyal-medyada-ses-getiren-kisilik-testi-hangisine-once-yardim-edersin

http://m.internethaber.com/dunyanin-en-kisa-kisilik-testi-foto-galerisi-1195085.htm?page=10 https://anetteinselberg.com/2017/10/22/bilincalti-testi-bu-listede-size-en-guvenilir-gozuken-kisi-kim/